林希自选集

岁月如诗
金汤青春
美丽

林希 著

天津出版传媒集团

天津人民出版社

图书在版编目(CIP)数据

　　岁月如诗·金汤·青春美丽 / 林希著. -- 天津：
天津人民出版社，2019.5(2022.9 重印)
　　(林希自选集)
　　ISBN 978-7-201-14615-7

　　Ⅰ.①岁… Ⅱ.①林… Ⅲ.①中篇小说-小说集-中
国-当代 Ⅳ.①I247.5

　　中国版本图书馆 CIP 数据核字(2019)第 043783 号

岁月如诗·金汤·青春美丽

SUIYUERUSHI·JINTANG·QINGCHUNMEILI

出　　版　　天津人民出版社
出 版 人　　刘　庆
地　　址　　天津市和平区西康路 35 号康岳大厦
邮政编码　　300051
邮购电话　　(022)23332469
电子信箱　　tjrmcbs@126.com

责任编辑　　伍绍东
装帧设计　　汤　磊

印　　刷　　河北鹏润印刷有限公司
经　　销　　新华书店
开　　本　　880 毫米×1230 毫米　1/32
印　　张　　9.625
插　　页　　6
字　　数　　180 千字
版次印次　　2019 年 5 月第 1 版　2022 年 9 月第 2 次印刷
定　　价　　48.00 元

目 录
CONTENTS

岁月如诗　　　　　　　1

金汤　　　　　　　　137

青春美丽　　　　　　231

岁月如诗

因为爱书(爱读书、爱买书、爱借书,后来的爱著书),我先后两次"罹难"。第一次,1948年,国民党统治晚期,因为爱书,险些丢了小命儿,幸亏得好友马克先生搭救,才保住了一颗花岗岩材质的脑袋瓜子,免了一场丧命之灾;后来,解放战争胜利,"社会主义好呀社会主义好",又因为爱书,第二次"罹难",只是此时,好友马克先生正在乡下挨监督,他救不了我,我只好低头认罪重新做人去了。

积七十年之经验,老朽始知,书也,绝对不是"好东西"。中国人只知道女人是祸水,其实书才是最大的祸水。女人可以亡国,书,绝对可以灭种。被女人亡的国,再出来一条好汉又建了一个新国,自然就又出来一位新的可能亡国的美女做妖;被书灭了种,再没有人能出来写一本书造出一个新"种",就是再造出来,也变"种"了。

第二次"罹难"的事,大家都劝我别提了,咱就说1948年那桩险些"罹难"的事吧。

1948 年，我是语言所中文系二年级的学生。我们这个系，在校学生只有六个人，可是每逢孟先生讲《殷墟书契》，整个教室都座无虚席，连窗沿上都坐满了人。好在孟先生上课，从来不和学生交流，他老人家如入无人之境，虚眯着眼睛，微微地扬着脸，摇着脑袋瓜子自顾自地吟唱，唱够了，过足了瘾，下课。孟先生胳膊挎上手杖，孟露小姐挽着孟老夫子的胳膊，孟老夫子踱着四方步，谁也不瞧，潇洒地走了。

哟，一下子出来两个人。

孟老夫子何许人？

国字号大师。

我们南苑大学，有五大所，语言所、史学所、理学所、哲学所，还有经济所。南苑大学的五大所，因六大教授得名，语言所的孟老夫子，史学所的郑先生，理学所的何先生，经济所的吴先生，加上语言所另一位泰斗、当年和鲁迅先生一起编过杂志的李先生，合起来，人称"六大泰斗"。

不对，明明五大教授，怎么说成六大泰斗？

加上校长张先生。

就因为我们这六大泰斗，南苑大学在世界大学名校中名列前茅。这还不是后来那种"排行榜"，那是花钱买来的名次，南苑大学的名声是"思想自由、学术独立"精神创立起来的。能在南苑大学混上一顶学士帽，吃遍天下。混得最好的，国民党行政院院长，献身真理的热血青年。闹革命，建立了新中国的伟大共产党，最高领导人，就有俺们南苑大学当年的一位学子。

牛不牛？

南苑大学六大泰斗不仅代表了中国学术的最高水平，在政治上也是不可小觑的民间力量。南苑大学以思想激进闻名全国，更被国民党当局密切关注。一次，社会局带着宪兵来校抓人，张校长一把椅子坐在学校大门正中，六大教授每人一只板凳坐在张校长身后，六大所的教授们排成人墙，站在七大泰斗身后，愣和社会局宪兵对峙了八个小时。最后南京发来命令，乌龟王八蛋们才蔫拉巴几地溜了。

回到孟老夫子讲课。何以孟老夫子下课时由一位美女孟露小姐搀扶着走出教室呢？

这就要说到南苑大学的校花孟露小姐了。

孟露，原名并不重要，那时候美国影星梦露正迷得全世界发狂，偏偏我们学校的这位校花容貌长得和梦露小姐一模一样，高高的身躯，圆圆的脸蛋，亮亮的大眼睛，月牙儿小嘴向上弯，卷曲的头发。1945年美国水兵登陆天津，一群军官来校参观，出来致欢迎词的就是孟露小姐（自然是地道的美式英语）。美国水兵舰长听着欢迎词，在台下跺着脚大喊"梦露梦露"，由此人们就将这位校花的原名忘掉，称她是孟露小姐了。

孟露小姐原来是经济所的学生，后来她爹妈私下做主，将她许配给了国民党政府财政次长的二儿子。孟露死活不干，两边闹翻了脸，她爹妈不认她了，登报脱离关系，小姑奶奶孟露也没向他们让步，更名改姓，叫孟露了。断绝家庭关系，没人供养读书，正赶上语言所要为孟老夫子招一位书记员；不是助教，助教要有学历，书记员就是协助孟老夫子工作，如此，孟露小姐毅然弃学工作，靠自己工资独立于社会，也引起了一场不大不小的轰动。

孟露小姐国色天香，什么闭月羞花、沉鱼落雁，无论如何形容都不及孟露小姐美丽容貌的一半，而且，孟露小姐说话轻声细语，性格温柔。不光我们南苑大学很多人为她倾倒，连北洋大学、辅仁大学，再远到北京清华园、南京艺术专科大学，每天都有人为孟露小姐发誓终身不婚，包括本人。唉，小不拉子，排不上名儿了。

孟老夫子讲课要带很多东西,甲骨原件,是不能带到课堂上来的,拓片太小,看不清楚,孟露就将拓片画成立轴,孟老夫子讲到什么时候,就将拓片画轴挂上。每逢孟露挂拓片画轴的时候,许多人就忙着去抢,抢挂拓片是假,借机朝孟露小姐旗袍领口、袖口看看,才是真正目的。好在人家孟露小姐几个纽襻儿结得很严,白费力气,里面的风光,一点儿也看不见。

本人聪明,才不费那股瞎力气。我坐在前排,孟露小姐挂拓片,脚尖要踮起,旗袍往上一搌,小腿露出一大截,特性感。

所以,有不得好死的人说,何以听孟老夫子课的人多,大多半,是看孟露小姐来的。

也许别人是,我不是。

孟老夫子讲课结束,由孟露小姐挽扶着走出教室,我们六名学生和满满一教室的旁听生全体肃立,连气也不敢喘,目送孟老夫子走出教室,直到孟先生拐进休息室,屋里的学生才敢走动。你别以为孟先生呆,他前面走出教室,后面有一点声音,他立即回头看。学生们都怕孟老夫子的"回头一望",大家都说,被孟老夫子盯上一眼,折你十年寿数。

这就是我们那时候的求学生活,和现在不一样。现在教授还没走出教室,学生先挤出去了,没点胆量的教授,先请学生们走,唯恐被学生们挤倒,到了这年纪,老胳膊老腿,摔跤可不是小事。每天教授去学校,老伴儿们都嘱咐,别和学生们抢道儿。

其实,孟老夫子并不认识他的学生。黑压压一教室人,他连看也不看一眼,就自顾自地开始哼起来了,时间一到,甩下袖子,抬脚向外走。且住,孟老夫子怎么不挟他的讲义夹呢?你们又不明白了,我们读书那时候,教授讲课以不带讲义为荣,两只袖子一甩,走进教室,两只袖子再一甩,优哉游哉地又走了。最牛的教授,深度近视,几近双目失明,也讲课,什么也不带,就带一张嘴巴。学生们鸦雀无声地坐在教室里,教授有时候问:"屋里有人吗?"他以为教室里没有学生,只他一个人犯病呢。

孟老夫子不认识他的学生,我也不认识我的同学。入校注册的时候,我们这个系只有六名学生,遇到孟老夫子讲课,黑压压教室里坐满了人,谁认识谁呀?

这里,新潮学子们又不懂了,一个系只有六名学生,何以孟老夫子讲课时教室里坐满了人呢?那些人是干什么的?教育部的?公安局的?团市委的?宣传部的?都不是,就是听课来的。

那时候,大学没有门卫,自由出入,教授上课,也不点名。名教授讲课,座无虚席,普通教授讲课,一个人没有。没有人，他也讲，讲三民主义救中国，讲国学，讲《论语》。不像现在的什么"讲坛"，越是骗子胡说八道，收视率越高。那时候学生混账极了，教育处换了几个权威，其中包括那个首创"新人生论"的哲学家，走进教室，一愣，以为是女厕所了。怎么没人？厕所也有人撒尿呀，怎么我来讲哲学就没有人听呢！

说了一兜绕弯子话，现在就要说到正题了。

正题是，每次孟老夫子讲课，我发现总有一个陌生人坐在我旁边。

那时候进大学是很难很难的事，倒不是大学门槛多高；考试也不严，只要你想进大学，而且参加考试，一般落榜的可能性极小，还不要高中毕业文凭，只要有人证明一下你具有进大学的条件，那时候叫"同等学力"，就可以报名，报上名就参加考试，交上考卷，就录取，然后你就是大学生了。

自然，更多的人不能进大学门。家里没钱，或者还得做事，挣钱养家，白天去公司上班，下班后匆匆往大学跑，说不定能赶上一节课，就是赶不上课，学校里有几个朋友，也能借到听课记录。

没有人询问旁听生们的名字，今天你坐在我旁边，明天他又坐在我旁边，都是一辈子见一面的路人，更没有人会询问，那个什么什么长相的旁听生怎么好久没来。旁听生么，听了就是旁听生，不来听，就什么也不是。

只有一位旁听生引起我的注意，每次孟老夫子讲《殷墟书契》，总是他第一个到教室，占个好位置。我对《殷墟书契》也有兴趣，第二个进教室，就坐在这位旁听生旁边，很多次他还向我笑笑，似是对于自己的"蹭课"不好意思。我也向他笑笑，告诉他无所谓。学校就是妓院，有钱的爷来玩玩儿，没钱的穷光蛋看热闹。我们是在校生，泡够了时间，滚蛋；你们是旁听生，只有看热闹的份儿，也占不上什么便宜。

早早坐在座位上，没事好做，我又是一个惜时间如生命的好学之士，坐在座位上，我就读书。我读书品位极高，不三不四的破书，连看也不看，那一天我正在读瞿秋白的《红都纪事》，就觉得有人暗中捅了我一下，还小声地提示我说："来了。"我下意识地抬一下头，正看见另一个人走进教室。我不明白坐在我旁边的这位旁听生为什么提示我这个人"来了"，但还是立即收起《红都纪事》，装出打瞌睡的样子，眯上了眼睛。

如此，听出门道来了吧。

1948 年的大学，国共两党拉开阵势，共产党一方组织"反饥饿、反迫害、反内战"进步阵营，组织、启发学生接受新思想，从组织上、思想上迎接新时代的到来。国民党一方更是加强对青年学生的监视迫害，千方百计搜捕进步学生，破坏共产党的地下组织,诱迫进步教授,企图将学校建成他们最后挣扎的阵地。

旁听生提醒我"来了"的这个王八蛋,叫魏敬明。不知道是哪个所的,职业学生、三青团、蓝衣社、调查局,什么背景都有,更是学校四维学馆的铁杆骨干,监视学生动态,按时向当局打小报告,特务!

南苑大学的四维学馆,活动能量极大,什么活动都组织,而且有经费,每次请圣教会来人讲课,不仅给讲课费,还专车接送,连请来听讲的人都有酬谢,倒也不给钱,就是预备小吃,课堂外面一张大条案,小烧饼、酱牛肉、西式点心、饮料、巧克力,足够吃饱。小无赖林希有时候也去凑热闹,弄一大包食品回来,够吃好多天。

国民党当局发现孟老夫子讲课时旁听生最多,他们也不是吃干饭的,自然就想何以这样一门死学问引来这么多人,想了一阵儿,明白了,听孟老夫子讲课是假,暗中一定有活动,倒也不至于鼓动暴力革命,反正传送个激进书籍呀,交换点消息呀,可以逃避他们的监视。

于是,魏敬明也"听"孟老夫子讲课来了。

我装作没事人的样子,在一旁打瞌睡,听见魏敬明向我走近过来的脚步声,突然一只脚伸过去,使绊儿,魏敬明险些没摔倒。

"你踩我脚了。"我还有理。

魏敬明恶狠狠地看了我一眼,气哼哼地走了。

时局紧张,东北失守,解放军开始向华北进发。前几天传来消息,战线转移,国军已经退到山海关,共产党军队更是加紧推进,杨得志部已经潜入河北,夜行昼伏,正一步步向平津一带逼近。天津、北平已是共产党军队囊中之物。国民党当局放言誓死保卫平津,白天调动军队,坦克车、军人东奔西跑,夜里起飞飞机,往南边运黄金。完喽,完喽,老百姓都说完喽,没有指望了。

学校还在上课,孟老夫子还在讲他的《殷墟书契》。《殷墟书契》里面没有共产党,也没有国民党,没有三民主义,更没有共产主义,《殷墟书契》就是《殷墟书契》,谁来了也是一片鬼画符。

改朝换代到了最后时刻,青年学子热血沸腾,学校里随处传唱进步歌曲,"天那边呀好地方,一片稻田黄又黄,大家唱歌来种地呀,高粱谷子堆满仓。"还有更直露的,"团结就是力量,团结就是力量,这力量是铁,这力量是钢",号召年轻人准备战斗。

那时候我只有 17 岁,对政治不甚了了,虽然也读过许多激进书籍,但以苏俄小说居多。知道国民党特务政治毒恶，也知道物价飞涨老百姓活不下去，更知道国民党官员贪污，没一个好东西，也知道共产党要建立新中国，可是到底共产主义是怎么一回事，中国的未来应该是一种什么样子，我就浑浑噩噩了。

1948年进入夏季之后，学校里形势愈发紧张，张校长年初去南方开会，被国民党当局扣下，不准回校。最近当局更以张校长的名义给学校发来要求全体教授南迁的"通知"，教授们人心惶惶，无所适从。学生会一方，也加紧活动。准备一旦战事逼近，成立学生自卫组织，保卫学校，保卫教授，劝阻教授别跟着倒霉蛋老蒋南去，老蒋已经没有希望了，等着迎接新时代的曙光吧。国民党方面也更是最后的疯狂，密切关注学生情况，一些平时受注意的学生陆续失踪，几位糊涂教授被特务架上南去的飞机。

魏敬明是公开特务，可是谁能保证旁边这位旁听生不是特务呢？

林希也不是等闲之辈，自然暗中有了警惕。挨近这位旁听生坐着，眼睛向旁听生瞟过去，查看这位旁听生到底是什么人。

一个可能，他是外边渗透进来的共产党，知道我思想激进，暗中保护我不要暴露。第二个可能，他是三青团，表面上提醒我注意特务，暗中测试我是不是地下共产党，一旦探明虚实,或者我误认他是革命人士,向他吐露真情,再动手把我带走。

学生和旁听生们陆续走进教室。两个小时后,孟老夫子也过足了《殷墟书契》瘾,走出教室。学生们纷纷散去,刚才坐在我旁边的那位旁听生向我靠近过来,不出声音,暗中将一本书塞到我手里。

回到宿舍,我把那位旁听生塞给我的书拿出来,原来是一本徐訏的小说《风萧萧》。没劲了,我还当是什么禁书呢,《风萧萧》谁没读过呀,在如我这些激进学生心里,《风萧萧》是一部消磨青年革命意志的垃圾小说。

只是,正当我要把这本书扔出去的时候,忽然书页翻动了一下,跳过前几十页,到了书的中间,书的编排形式变了,书脊上虽然还印着"风萧萧"三个小字,但书页中间的文字变了。将书取过来细看,在"风萧萧"书眉的下面,版心换了内容,《论联合政府》。

共产党。

正中下怀。

我从 7 岁立志救国救民,只愁没摸到门路,15 岁之前,我梦想做一个游侠,游走天下,劫富济贫,除暴安良,把坏人都杀光了,提高百姓生活的幸福指数,只可恨咱没有那么大的能耐。知道谁是坏人,倒也知道如何收拾坏人,最可恨坏人比咱能耐大,只怕我还没下手呢,人家先把我收拾了。

15 岁之后,读了克鲁泡特金的书,还读了《震撼世界的十日》,总算找到门路了。只是我想,无政府伟大理想实现之后,无政府不就变成有政府了吗?那时候无政府的政府又接着做坏事怎么办呢?

拉倒了,我还是听孟老夫子讲《殷墟书契》吧。

朝闻道,夕死可矣。原来联合政府可以救中国,我吃下定心丸,从此,一心只想着联合政府的事了。

一夜时间,我把《论联合政府》读完了,第二天又读了一遍,越读越兴奋,越读越来劲,心想,这次中国有希望了,光明的日子就要来到了。莫怪战争打得这样紧,就是为了尽快建立联合政府。

下一个星期,又赶上孟老夫子讲课的那天,我第一个走进教室,等那个塞给我书的旁听生。没等多少时间,那个旁听生来了。

我问他:还有吗?

他又给了我一本,很薄,好多篇文章,回到宿舍打开,头一篇《中国社会各阶级分析》,茅塞顿开,原来建立联合政府之前,一定要弄清楚谁是我们的朋友,谁是我们的敌人,连敌人朋友都闹不清楚,联合谁呀。

渐渐地和这位旁听生成了朋友,他告诉我,他叫马克。

这名字好,比马克思少一个字,三分之二的马克思。由此我也想改名字。我崇拜列宁,列宁的全名叫弗拉基米尔·伊里奇·乌里扬诺夫。我改名叫林弗拉,不好听,叫林乌里,叫着拗嘴,不行,还是改个偶像,我崇拜托尔斯泰,叫林托尔,也不好听,拉倒了,还是叫林希吧,一听就是中国人。

学校里有许多学生组织的社团,但自从1948年春天开始,时局紧张,学校里三青团、中统军统、蓝衣社加紧活动,所有的学生社团都被勒令停止了。其中有以我为首的"老黑奴读书会",有以夏里亚宾为首的"威尼斯合唱队",还有看起来不知政治为何物的"六祖禅院"。"禅院"已经冷冷清清,只留着门外一副楹联:"风声雨声读书声,声声逆耳;国事家事天下事,事事伤心",颇是清高也哉。

学生社团引起三青团、中统特务的注意。一天学校贴出布告,明令一切学生社团停止活动,连几个玩同性恋的组织"海伦城堡"都被取缔了。

学校当局取缔学生社团可以理解,学校里任何看似业余爱好的组织活动,背后都有激进色彩。国民党要完蛋了么,自从日本一投降,中国人就在思考未来中国之命运,稍稍有点头脑的人都能够看清楚,国民党不行了,连美国人都认为国民党没有希望了,大家都说共产党肯定要胜利,只是谁也没有想到共产党胜利得这样快,当时,连我这样的狂热青年,也估计共产党要取得胜利,至少五十年。

共产党嘛,就是创造奇迹的党,什么史无前例的奇迹都可能创造出来。

这话,说远了。还说学校里的事情吧。

学生社团被勒令停止活动,激进学生被国民党势力看得死死的,急来抱佛脚,只能从校外引进激进力量,在学生中开展工作。如此,旁听生突然多了起来,莫说是孟老夫子的《殷墟书契》课,连名声极坏的 P 教授讲《权与能》,教室里都站着旁听生,吓得 P 教授不敢进教室,以为学生要揍他。

这里做一点小小的说明,什么是"权与能"?"权与能"是"三民主义"的一个课题:权,我有钱,有钱就有权;坐车,而且坐人拉的胶皮车,拉车的车夫"能"拉我,二者都合法,并不存在平等与不平等的关系。到了哪一天,你没钱了,不行了,就像本人一样,到了后来也拉车了。那时候队长在旁边吸烟,咱一点脾气也没有。他有权,咱不是"能"嘛,如果不是早年受过这点教育,早气死了。

所以,早期教育是非常重要的。

马克老兄火眼金睛,被引进学校开展工作,先向我了解情况。马克问我校内各种社团的成员情况,我向他介绍说,我们"老黑奴读书会"的成员都是激进青年,人人相信国民党政权必定完蛋,老蒋不亡,实无天理,这些人绝对值得相信。"威尼斯合唱队",成分比较复杂,为首的夏里亚宾,半个神经病,其实他五音不全,但自认为可以媲美俄罗斯男低音歌唱家夏里亚宾。合唱队里的歌手,也是醉生梦死,他们才不管什么国民党共产党谁胜谁败呢。"六祖禅院"绝对是激进组织,别看几位仙风道骨的神经病坐禅,学校里许多传单,据说都是他们散发的,三青团盯他们可是下了功夫了。再有"海伦城堡",城堡主人是哲学系三年级学生,芳名任敏,学校第一丑女,同学们奉送她绰号"两条人命":从背后看,爱死一个人;从前面看,吓死一个人,所以绰号"两条人命"。她纠集几十个美女学生,标出海伦的美名,有人说这帮小姐玩同性恋。不过,她们和男学生关系极好,三青团、中统特务、蓝衣社、四维学馆的狗食,常参加她们的活动去吃豆腐。一次,两条人命在舞会上小声对我说,你们"老黑奴读书会"已经受到校方注意,要选些没有色彩的书研究,由此我们才读了两个月的乔伊斯(自然,是英文原版),怎么读也是不懂,最后大家闹得吃饭都没胃口了,吃嘛嘛不香。

最后,1948 年 10 月一天,马克带我去东马路费家胡同四号。走出学校,走进城区,找到地方,敲开院门,出来开门的是一位老女人，显然是佣人。女佣人引我走进楼内，走进一间客厅，又给我送来茶水，然后就将我一个人留在客厅里了。

等了大约半小时，从楼上走下来一个人，抬头一看，我的天，险些吓得我喊出声来，你们谁也猜不到，竟然是两条人命大学姐任敏从楼上走下来了。

两条人命姐姐坐在我的对面，极是知心地对我说，国民党注定完蛋了，在时代交替的历史关头，青年人要做出明智选择，革命事业胜利发展需要大批革命人才，你林希小弟又是青年精英，希望你早早走上革命道路。

两条人命姐姐更对我说，今天晚上有一条船，可以送我到河北省的一处地方，是什么地方，不必问，到那里学习什么，自然也有安排。

两条人命姐姐还嘱咐我许多注意事项：上了船，无论看见谁也不要打招呼，路上不得和任何人说话，别东瞧西望，不许看书，不许唱歌。当然，"方便"是可以的。

我说，两条人命姐姐，你就别说绕脖子话了，参加革命是我最大的愿望，我去，我早就想去了。

就这样，我毅然决然参加革命去了。

后来，我才知道，南苑大学共产党地下组织决定第一个将我输送参加革命，倒不是因为我对革命胜利可能做出什么贡献,是因为我惹了一场祸,晚走一天,就可能有生命危险。

我能惹什么祸呀?

这要从孟老夫子和孟露的事说起。

1948年夏天,被老蒋扣在南京的张校长以校长之名发来一封信,动员全体教授立即南迁,不能等共产党接管。指令信第一个寄给孟老夫子,要孟老夫子带领全体教授南迁。

孟老夫子接到张校长指令,晚上和找他来谈禅的六祖禅院禅主许人呆商量。许人呆是哲学所三年级学生,身体不好,极瘦,绰号"三期肺病",看着大病在身的样子。三期肺病平时总来向孟老夫子请教关于禅学上的学问,孟露小姐在孟老夫子身边工作,自然和三期肺病也认识。

孟老夫子拿着张校长的信给三期肺病看,三期肺病还是他一贯的做法,不吭声,不表态。

张校长给孟先生的信,孟先生自己做决定吧。

哎呀,你这个人真是没办法,孟先生既然将信拿给你看,自然想征求你的意见。

孟露小姐在一旁说。

我能有什么意见呀,说到时局,孟教授应该比我清楚,国民党就要崩溃了,这时候谁肯去为他殉葬呀。

一句话,孟老夫子做出决定,坚决留下,迎接新时代。

孟教授德高望重,不光自己留下,还要联合全校教授一起回绝张校长的指令。

许人呆开始出谋划策了。

对,孟老夫子更是做出决定,动员全校教授一起留下准备迎接共产党进城。

好,你来帮我写一封信,号召全校教授留下,迎接新时代。

孟老夫子向他的助手孟露小姐说着。

我古文底子不行,许人呆同学执笔吧。

不行,不行。

你想许人呆能干这种事吗?

最后还是孟露代替孟老夫子写了一封致全校教授的公开信。

自然,许人呆最后看了孟露的草稿,还做了一点小小的修改。

信写好了,就要到各家去征集签名。

受孟老夫子委托,孟露进城去征集另外五位教授的签名。

从南苑大学到城区,有四里地荒芜土路,不通车,那时候天津市内交通只有有轨电车,距离南苑大学最近的电车站在法国教堂,身体好的青年人,要走两个小时。兵荒马乱,从南苑大学通市区的道路没什么人,孟露一个人进城,孟老夫子不放心,孟露说:"我自己找一个可靠的人吧。"正好,那天中午我站在布告牌前看通知,希望四维学馆发通知有活动,自然也就有好东西吃了。

"喂,小学弟。"背后传来孟露娇滴滴的声音。

孟露认识我,讨厌我的时候叫我小无赖,有事求到我的时候,就叫小学弟。

"没事儿?"孟露问我。

"有事?"我向孟露问着。

"陪我进城走一趟。"孟露爽快地说着。

哟,孟露小姐让我陪她进城逛街。王宝钏扔绣球,居然被我接住了。和孟露小姐一起走在市区大街上,一旦被我们家人碰见,譬如叔叔舅舅呀,嘿,林希这孩子真有出息,才读大学二年,就搭上天下第一美女了,将来必有大出息。

二话没说,跟上孟露就走出了校园,孟露也不说去什么地方,反正有孟露在身边,无论什么地方都是伊甸园。

美!

走过几里荒芜道路,走到八里台,沿着一条臭河往前走,走到法国教堂,登上绿牌电车,劝业场下车。我还想往前走,再走一段,前面就有电影院,孟露小姐发善心,进去看场电影吧,后面不就有戏了吗?

到了。

到什么地方了？

旧英租界，明仁里，敲开一幢小楼，仆人迎进去，客厅里，史学所郑先生正在读书。

孟先生派你来的？

孟先生派我来交给您一封信。

知道，知道，就是六教授声明吧。我签我签，国民党反动政府终于到了崩溃的一天，谁还会跟着它往坟墓里走。

这时，我才知道，孟老夫子起草了一份六教授声明，拒绝南迁，孟露小姐进城找郑先生签名。我呢？小毛驴儿，不骑，牵着带路。

从郑先生家出来，又去了何先生家，天时不早，明天再来吧。

明天，我还当小毛驴儿。

第二天下午，我早早地在校园大门口等孟露，心有灵犀一点通。打过招呼，一点头并肩走了。直到现在我还后悔，怎么傻到这个份儿上，牵着手走呀，也是需要呀，掩护嘛。

快出校门时，遇见一个王八蛋。魏敬明不怀好意地看了我一眼，生气，吃醋。小子，就是要让你看看，唉，那天若是牵着手走，就更来劲了。

晚上回来，校园里朦胧一片，路灯亮着，电压不足，昏昏暗暗。走进校园,人家孟露抢先一步,将我甩开了。我也不想追,一路上没什么"动作",回到学校更没戏了。我也累了,慢慢地在远处跟着,眼睛还向布告栏瞟,四维学馆若是有活动,现在去还不迟。

"站住!"前面传来一声喊叫。

抬头看过去,魏敬明站在孟露对面。

远远地,我也站住了,担心他对孟露小姐使坏。

孟露不说话,停住脚步等着看魏敬明要做什么。

做什么去了?

你管不着。

哟,好大口气,这南苑大学还有我管不着的事?

孟露不说话了。

把书包拿过来。

孟露自然不会把书包交给魏敬明,那里面有六位教授签名的六教授声明。

交给我!

魏敬明恶狠狠地喊着。

这时候,我应该怎么办?

后悔,后悔,少年时我不是没学过铁砂掌,少林拳呀什么的,都没练好,好歹我有点本事,这时候一个箭步蹿过去,先一个铁砂掌,再一个扫堂腿,一拳封上王八蛋的眼,再一套组合拳将王八蛋打翻在地,英雄救美,在校史上留下美名。

偏偏我不行,我能写诗,这时候才知道诗原来还不如一个臭驴屁,毛驴放个屁,魏敬明还要回头看看;我朗诵一首抒情诗,拜伦写的,魏敬明理也不理。

舍出性命也要救孟露脱离危险。

我这点小聪明还是足够用的。

正看见理学所的七狼八虎在路边踢球。

喂,你们追我,拿出狗追兔子的劲头追我。

七狼八虎,铁哥们儿,立即就喊着叫着跑了过来。

拦住他,拦住他。

我就发疯地向前跑,绝对百米速度。

拦住他,拦住他。

三步五步我跑到魏敬明身边,一把抓住魏敬明,躲在魏敬明身后,拉着魏敬明打转儿,借他的身体挡住七狼八虎的追赶。

七狼八虎还是追上来了,一左一右,将魏敬明夹在中间,从两侧抓住了我。

你们为什么追我?我恶狠狠地问。

你为什么跑?七狼八虎恶狠狠地反问。

你们追我,我能不跑吗?

你不跑,我们能追你吗?

把魏敬明小子玩儿了。

魏敬明站住脚,对面的孟露早不知道哪儿去了。

社会局接到密报。南苑大学共产党行动小组负责人林希,胁迫孟教授拒绝南迁,并草拟六教授联合声明草稿,携带武器去六教授家逼迫签名。云云云云。

南京调查局下达指令:修理他。

许人呆得到消息,让马克引我去东马路费家胡同四号,逃出这场大难。

我参加革命的故事,一天两天说不完,唯一要说的,是从此之后,我再也没有见到我的革命引路人马克同志。

五十年后,再见到马克同志,他已经得到平反,恢复党籍,享受正局级待遇,正等待安排工作;此时,他已经离开烟酒公司,原来他在那里的食堂做帮工,马克老兄告诉我,他烧的葱香茄子,很得大家欢迎。

马克这样的革命经历,对革命做出过那么大的贡献,怎么混到去烟酒公司当伙夫呢?别是他犯了什么错误吧,右派、婚外恋、受贿、二奶?

都不是,说起马克同志这些年的经历,真是让人太痛心了。

2

马克原名齐富成，乡巴佬的名字，对了，他就是乡巴佬，原籍河北昌黎，齐姓是冀东第一大户，出名的好汉齐燮元，做过大官，曾任江苏督都，打过几仗，当过国民军的副总司令。在冀东一带，下馆子，吃完饭对伙计说"俺姓齐"，掌柜不敢向你要钱。

就这么牛。

齐富成和齐燮元没有任何关系，就是同姓，他老爹倒是个读书人，算得是乡贤了，在乡下办教育，曾经就任昌黎县立第一两级完全小学校长。

知道什么是两级完全小学吗？

两级者，初级、高级者也。那时候，小学指的是初小四年，初小四年毕业，可以进城学生意，可以考取警察，得到提升，可以做官。河北省的一个副省长，就是初小文化程度，做官后深造，进了蒋经国的江西干校，半年时间，得了个博士头衔，一下子是文人身份了。

齐富成老爹，正儿八经的读书人，经史子集，博览群书，曾经写文章批驳胡博士谬论。胡博士海量，没生气，还礼贤下士，亲自到昌黎来向老爷子请教。齐老爷子因受胡博士造访扬名天下，由此被延聘为县立两级完全小学校长，没有工资，每天到学校来，自己带午饭，午饭也很简单，两张大饼子。

齐老爷子膝下有一个宝贝儿子，就是后来的马克同志。马克同志小学毕业时已经通读过齐老爷子家里的所有藏书，只是可气，无论读过哪本，他都认为是瞎说，没有一本中国书被后来的马克同志看作是真理的。气得他老爹骂他混账：你懂个屁，老祖宗留下的学问，说的不是真理，中国能繁衍生息千年不衰吗？中国人写的书不是真理，哪里还有真理？日本人如今强大，占领了大半个中国，日本的文化哪里来的？中国！

无论齐老爷子如何教导，后来的马克同志也是听不进去，直到后来的马克同志考进昌黎第二师范学校，老爷子才放心，也许儿子从此可以安心读书了。考进昌黎第二师范学校，可是一件大事。河北省的昌黎第二师范学校不仅在北方大大的有名，连江南许多激进家庭都送孩子北上来昌黎第二师范学校读书。这所学校出过许多大学问家，不光是学问家，更出过许多救国救民的精英。国民政府里面有一个昌黎帮,老蒋想办什么事情,都要先得到昌黎帮的认同,昌黎帮一起哄,半个中国瘫痪。

马克同志在昌黎第二师范学校读书的第二年,一个偶然机会,在自己床下发现一本书。奇怪,床下怎么出来书了?一定是有人放到褥子下面的。书不厚,封面也没有字,马克好奇地打开书本,头一行字:"一个幽灵在欧洲游荡。"

《共产党宣言》。

哎呀,马克可发现讲真理的书了,每一个字都是真理,一口气,马克将一本《共产党宣言》读完了;没睡着觉,借着窗外路灯的微光,又读了第二遍。第二天天明,马克托词身体不适,没去上课,躲到操场后面的角落里,又读了一遍。到了第三天,一本《共产党宣言》已经熟记在马克同志的心里了。

此时此刻,要说说马克同志的特异功能了。

马克同志,那时候叫齐富成,自幼聪明过人,他老爹教他《古文观止》,一篇文章,只要读上两遍,第三遍就不必看书了,吓得他老爹直翻白眼,"你小子真行?"

不信,就试试。

试试就试试。

这一试,他老爹连白眼都翻不过来了。

《史记·孔子世家》,够长的吧,读了三遍,虽然没有背下来,至少他能把老孔家世世代代嫡系传人背得一清二楚。他老爹服了,好好读书吧,将来有你的。

齐富成读《共产党宣言》中了魔,三天之后,倒背如流,从此心中充满光明,绝对相信"唯新兴的无产阶级才有将来"。坚定信仰之后,他毅然改掉原来的封建名字,做马克思的忠诚信徒,更名为马克,三分之二的马克思。

齐富成同学改名为马克,是从宿舍开始的,学生宿舍一间屋住八个学生,同室的七个人从齐富成同学一宣布更名,再不叫他富成,立即叫他马克了,"马克,你该洗洗脚啦。""马克,把钢笔借我用一下。"

听同学叫自己马克,马克心里一阵暖流涌上来,果然热血沸腾,觉得自己和革命已经没有距离了,而且马克思主义已经融进自己的血脉,再抬起头来看世界,对外界的感觉也不一样了,看出人的本质来了,谁是激进者,谁醉生梦死,谁胸无大志,似乎都写在脸上,只有自己全身透明,通体赤红,虽然还没有照亮世界,至少自己心里充满阳光。

有信仰的人是幸福的。

第二天,马克的名字传到班里。

高等师范三年级,全班三十五位同学,从齐富成改名字的第二天开始就叫他马克同学了。到了下午,马克的名字从三年级传到二年级,到了晚上,全校学生都知道齐富成改名字叫马克了。受齐富成改名字的影响，当晚许多学生也开始改名字，崇拜希特勒的，改名字叫希特；崇拜托尔斯泰的，改名字叫托尔。一时之间，王希特，李托尔，出了一大堆。

改名字本来是玩笑事，年轻人嘛，崇拜偶像，但是，这些孩子忘了是什么时代，尤其涉及主义，那就不是好玩的了。

就在马克改名字的第二天晚上，马克同学正在教室里上晚自习课，书桌上放着一本物理，书桌下面藏着日本人写的《戏剧资本论》，他读得正入迷，就听见有人在外面敲玻璃。马克抬头向外张望，玻璃窗外面，黑暗中出现一位女同学的面影。马克感到奇怪，自己在学校一心读书，从来不和女同学来往，除了功课上的事情，从来没和女同学说过一句话，这位女同学何以站在院里敲自己座位旁边的窗子呢？

马克再仔细看，认出了敲窗子的女同学，也是二年级学生，孙惠兰，一个很俗很俗的名字。和自己同年级，不同班，相貌平平，平时不被男学生注意，学校里那些混账男学生，看也不看她一眼。因为相貌不出众，这位女同学也不和男同学来往。

奇怪，她为什么事情找自己呢？

马克看了窗外的孙惠兰一眼，立即又低下头读书，谁料，窗外的孙惠兰又敲敲窗子，还向马克使眼神儿，暗示他出来一会儿。

马克明白了。

一定是这个丫头对哪个男学生有了好感，让自己帮助她传信儿。马克和孙惠兰是一个镇里的同乡，一次春节回乡，乘车出了昌黎，两个人还搭伴走了七八里路，路上孙惠兰说个没完没了，马克不爱搭理她，好在孙姑娘脾气好，马克不吭声，孙惠兰还是说个没完。

孙惠兰如此急着找自己，能有什么事情呢？天已经晚了，有什么话明天说不行吗？

这个臭丫头，天知道心里惦着谁呢，请自己传信，拉皮条，真不要脸。

别别扭扭，马克走出教室，绕到教室后面，孙惠兰正站在那里等自己呢！还没容马克询问她有什么紧急的事，孙惠兰先紧张地四处望望，然后小声地对马克说："明天天明前，头遍鸡叫，校门外有一个挑筐卖菜的农民等你，他引你出城。"

马克心里一阵热血沸腾，革命找自己来了，一定是自己改名马克的事情被革命知道了，立即派下人来引自己去投奔革命。好男儿当立志救国救民，参加抗日斗争，我以我血荐轩辕。

看着孙惠兰神秘的样子，马克此时才明白，这个孙惠兰一定是共产党的地下。哎呀，自己真是有眼不识泰山，平时只看着人家姑娘相貌平平,谁知道人家竟然是革命战士,一瞬间孙惠兰在马克眼里变成天下第一大美女了。

"你呀你呀。"不等马克询问明天挑筐卖菜的农民要引自己去什么地方,孙惠兰先小声埋怨地说道:"都怪你改了个惹是生非的名字,训育主任已经把你列上黑名单,递到宪兵队去了。记住联络信号,学校门外,面朝东,坐着一位卖菜的老农,地上两个空菜筐,菜筐上横着一条扁担,老农坐在扁担上,手里拿一根烟袋。你走过去问:'菜都卖光了?'农民回答:'想买菜,明天早些来。'然后农民站起来,说一声:'回家喽。'你就跟着他走,再不许说话。"

记住了,记住了。

革命就是如此浪漫。天上,东方的晨曦刚刚升起;地上,前面摇动着卖菜农民的身影;不远处,一个青年人匆匆地跟着走;远处传来晨鸡的啼鸣,城里安静异常,只有宪兵队巡逻的马蹄声嘚嘚作响。日本宪兵队从青年人身边走过,一双眼睛恶狠狠地向路人看着,但他们什么破绽也看不出来,只得快快地走去,走过去还回过头来张望。

一位青年,走上了革命的道路。

只有这位青年,记住了这个不平凡的早晨。多少次,天亮前走过城里的街道,没有任何感觉,只有今天清晨,这条街道才成为走向光辉未来的道路,成为决定一位年轻人一生命运的道路。

　　说完,孙惠兰看看附近没人,悄悄地走开了。

　　这一夜,马克激动得彻夜未眠,明天自己就是革命战士
了,到了革命队伍,自己一定刻苦锻炼,早日学好杀敌本领,
平时教革命战士们读书识字,参加战斗,冲锋在前,不幸落
到日本人手里,自己一定坚贞不屈,最后视死如归。

　　按照孙惠兰的嘱咐,马克躺在床上只等远方的鸡叫,睡
不着,他真想把同屋的同学唤醒,告诉他们,你们的同学马
克,明天就是抗日战士了。等着吧,解放昌黎县城的那一天,
我会来看你们的,你们准备欢迎会吧。

　　这一夜好长好长,就像天再也不会放亮一样,窗外的月
牙儿就是一动不动地挂在天上,存心推迟马克同志参加革
命的时间。好在自然规律是不会改变的,天总是要亮的,公
鸡总是要叫的,等着吧。

　　眼睛都瞪酸了,有同学夜起,马克怕被同学看出自己的
异样,装作睡熟的样子,还轻轻地打了一声鼾。夜起的同学
回来,蹦上木床,旁边的同学骂了一句,你要死呀,两个人一
起又睡着了。

　　万幸万幸,他们睡着了,否则过一会儿鸡叫头遍,自己
悄悄离开宿舍,万一被他们发现,事情就麻烦了。

　　公鸡叫过头遍。马克匆匆穿好衣服,看看没有惊动同

学,闪电一般溜出宿舍,一溜烟出了校门。好在昌黎第二师范学校的校门彻夜开着,有的同学离校远,早早出来,半夜就进学校,走进教室,再打盹儿。还有的教师,夜里给学生补习功课,三更半夜离开学校,所以学校大门永远是开着的。

走出校门,果然一位卖菜的农民坐在扁担上,面朝东,马克悄悄走过去,农民也不抬头。

"菜都卖光了。"

"想买菜明天早些出来。"农民站起来,哼了一声"回家喽",便自顾自地走了,马克跟在后面匆匆地走着。

革命该是何等的浪漫!

天上,东方的晨曦刚刚升起;地上,前面摇晃着卖菜农民的身影;不远处,一个青年人匆匆地跟着走,远处传来晨鸡的啼鸣,城里安静异常。

没有遇到巡逻的日本宪兵,更没有遇到同学,马克匆匆地走着,走上了革命的道路。

走在前面的农民嚓嚓的脚步声,马克听着像是前进的号音,一声声地呼唤着一个年轻人奔向光明;后面,马克的脚步声更是令人激动,一声声像是前进的乐曲,敲击着黎明前的大地。

走到距离城门不远的地方,前面的农民停下脚步,回过头来向马克招手。马克走上去,农民还是不说话,只把自己身上的破棉袄脱下来,让马克穿上,还把自己挑着的菜挑子交给马克,看着马克像是一个卖菜的农民了,前面的农民才又在前面走了起来。

昌黎县城,日本兵把守城门,城门左侧两个日本兵,右侧两个日本兵,凶神恶煞,恨不能把出城进城的中国人都杀死。

一步步向城门走过去,马克知道脚步不能犹豫,绝对不能被日本兵看出破绽来,正想着过城门的对策,突然走在前面的农民回过身来,向马克狠狠地踢了一脚。马克还没有明白农民为什么踢自己,农民便破口大骂:"我打死你个小王八蛋!"打着、骂着,农民小声提示马克:"你打我呀!"

立即,两个人扭打了起来,一起出城的农民过来拉扯。

别打了,别打了,都是一个村里的,有话回去说。

呼啦啦,一群人围着打架的两个人,混出城门去了。

高智商的中国作家总是把日本兵写成大傻帽,譬如娶媳妇的花轿里坐着武工队长穿过封锁线呀,出殡的棺材里藏着机关枪出城呀,等等等等,日本兵什么也看不出来。今天昌黎县城把守城门的日本兵,看着十几个卖菜的农民,打着骂着走过来,更挤成一团混出城门,难道他们一点儿也不怀疑?

绝对大傻帽,若不怎么无条件投降呢?

混出城门，那个领自己出城的农民在后面小声地向马克喊了一声："快走！"喊声未落，一声枪响，日本兵从后面追了上来。

"站住，回来，站住，回来。"

马克没敢回头，只自顾自地快跑，幸好城外就是没膝的荒草，马克一侧身，蹲到荒草里去了。

又是几声枪响，有人在后面喊："俺是卖菜的！"

有人被日本兵抓住。重重的打人声传过来，几个农民被日本兵带走了。

在荒草里蹲了好长好长时间，路上安静下来，城门那里也没了声音，一场动乱已经过去，马克身上暖暖的，太阳出来了，披着一身光明。马克悄悄从荒草中走出来，路上一个人影也没有了。

那个带自己出城的农民不见了。不至于被日本兵抓回去了吧？

一起出城的农民，一个也看不见了。

马克东瞧瞧，西望望，知道这里不是久留之地，得远远地离开。

只得背向昌黎城，沿着道路漫无目的地走着。

革命在哪里，引路人在哪里？

革命将马克扔在路上了。

心里一片茫然，马克身上一点儿力气也没有了，早晨那股兴奋劲荡然无存了。眼前摆在马克面前的严重问题是到哪里去：回学校？不可能了，说不定自己才溜出学校，日本宪兵队就抓自己来了；回家？更不可能，日本宪兵队来学校没有抓到自己，一定要去家里抓，无论回学校还是回家，都是自投罗网。

走吧，只能向前走。

走过一个小村子，村边有一眼井。马克喝了半桶水，还在地里掰了一根棒子，生啃了。马克第一次偷东西吃，他想留下一个纸条："爱国青年马克于投奔革命途中，借食阁下田中玉黍蜀（玉米）一根，抗日战争胜利后，持此证到中国政府按市价十倍领取酬谢，此证。打倒日本帝国主义！起来！不愿做奴隶的人们！"但是，没有笔，没有纸条，拉倒了。

让农民骂吧，哪个牲口偷棒子吃了？

冀北农村的乡间道路，弯弯曲曲，道路两旁庄稼中间，永远飘着一股黄土烟尘，在碧绿的大地间画出一条曲线。道路上没有人影，冀北农村也怪，人们从来不离村，偶尔看见一个路人，庄稼地里就会钻出孩子向路人张望，孩子也不敢和路人说话，看着路人走远了，再钻回青纱帐，大地又是一片宁静。马克走了很久很久，连个孩子也没有遇到，就是一个人走在乡间小路上，走得人提心吊胆。幸亏冀北大地没有凶兽,若有虎狼,不必走多少时间,早被虎狼吃掉了。

去哪里呢?马克心里一片空荡荡,回学校,找到孙惠兰同学,断了联系怎么办,孙惠兰没有向自己交代。革命在哪里?黄尘滚滚的道路上没有路标。

远远地听到火车声,知道离铁路线不远了,只是不敢往火车站靠近,因为日本宪兵凶得很,平白无故,一个学生模样的青年乘火车做什么,先抓进宪兵队,休想活着出来了。

饿呀。

还是走进了个村子。村子不大,几十户人家吧,偏偏听到了读书声。有一家私塾,里面有几个孩子嗡嗡地读书,乡间私塾不至于有日本宪兵队吧,马克小心地向私塾破房子走过去。

脑袋瓜子越来越重,然后,后来的事情,马克就不知道了。

私塾先生姓齐。谢天谢地,活该马克不死,遇见本家人了。

马克醒过来,私塾先生说,孩子,这里不是躲避的地方。私塾先生怎么知道马克是逃出来的?

那时代,好歹明白点事情,谁看不出些眉目来呀。一个学生模样的孩子,只身一人饿昏在私塾课室窗外,醒过来,一双眼睛充满恐怖,问什么话也不说,只咕咚咕咚喝了一大碗水，接过饼子，狼吞虎咽地吞下肚里，吃过之后才说了声"谢谢"，还要站起来鞠躬。

问了许久许久，马克才回答说自己姓齐。

一家人呀，天下齐姓无二家。

孩子，我也没有办法帮助你，你走吧，乡下偶尔也来日本兵。我给你几个钱，你到天津去吧。那地方好混，咱们齐姓人家有人在天津开刻字铺，你到那里当学徒去吧。

革命者以天下为己任，刻字算什么使命？

只是没有办法，革命者走投无路，也得先找个安身之处。

天津南马路，好几家刻字铺，其中一家手艺人姓齐，一个人刻字，一个人经营，又是手艺人，又是老板，正好老家亲戚送来一个孩子，毛笔字写得不错，还会写梅花小篆，头一天套上围裙，第三天就刻出图章来了，给一家字号刻了两个字：收讫。

《共产党宣言》里没有"收讫"二字。

天津这样大，一定有共产党暗中领导抗日斗争。

马克留心马路上走着的每一个人。人人都不像共产党，又人人都像共产党。一个人提着鸟笼，优哉游哉地在马路上转，你说他是不是共产党？他鸟笼里说不定就有情报。可是越看越像日本特务，在马路上转，就是观察来往人等，看着谁东张西望，一努嘴，立即就过来人把他带走了。

在天津，千万别轻易相信什么人。

看着血气方刚，其实刚吸完鸦片；听着慷慨激昂，其实卖的是野药，祖传秘方，专治小肠疝气。天津这地方呀，学问大啦，老朽全须全尾能混到今天，不容易呀。

人在曹营心在汉，革命者马克同志一心要寻找共产党，人在刻字铺里混饭，眼睛向街上瞟来瞟去。刻字铺掌柜也不是吃干饭的傻帽，他看这青年坐在刻字桌前，面向大街六神无主，心不在焉的神色，自然就起了疑心。

孩子，你只身漂泊来到天津，别是寻找什么人吧？

刻字铺掌柜猜想，这孩子一定是到天津来寻找他的相好。如今乡下的事情难说，说不定这孩子在乡下的相好，被人拐卖到天津，这孩子痴情，一心要找到青梅竹马的女子，于是才在刻字铺安身，终日东张西望，想在过往行人中发现失散的亲人，然后两个人化蝶而去，浪迹天涯，终其美好一生。

孩子，不容易呀，天津这地方，你能在大街上拾着一只大元宝，却找不到一块整砖。天下事，历来就是可遇而不可求的，有句话叫"踏破铁鞋无觅处，得来全不费功夫"。别东张西望了，一心用在刻字上，学好了手艺有饭吃，再说刀子也快，一不留神割掉手指，下半辈子就苦了。

马克既不争辩也不解释,还是手里拿着刻字刀,眼睛时不时地向外张望。

不可能,天津这么大的地方,不可能没有共产党,你看报上天天消息,今天缉拿到共产党人士,明天破获什么秘密活动,再看马路上日本宪兵队的警车嗷嗷叫着跑来跑去,难道就是出来兜风的?

不可能,天津不可能没有共产党。

天下无难事,只怕有心人。只要你对革命一心一意,最终一定能找到共产党,走上革命道路。

刻字铺老板没有办法,干脆,把刻字的桌子倒过来,让马克背向窗子、面向墙壁干活。他早就发现对面马路上有不良女子向窗里的马克飞眼神,只是马克这孩子痴呆。遇上坏孩子,早勾引走了。

找不到共产党,马克誓不罢休。

哪里有共产党?自己怎么知道共产党的?书。对,自己是从读《共产党宣言》知道共产党的,想投奔共产党的。

马克工余时间逛到天祥商场。天祥商场是天津一家大商场,六层楼,吃的穿的玩的,什么都有,最最有名。二楼有上百家店铺,专卖旧书,人说,什么书都可以在这里买到;报上文章说,一位老学问家,多年寻找一部古籍,据说这部古籍世间只有两部,您猜怎么着,他竟然在天祥商场买到了。

天祥商场旧书店什么书都卖,能没有《共产党宣言》吗?

好了,从此马克有时间就往天祥商场跑,什么吃的用的都不买,进了天祥商场就往二楼跑,跑上二楼,一头钻进旧书铺,一家一家地逛,一本书一本书地翻,眼睛四下里瞟,等着来买《共产党宣言》的革命者。

一连跑了两个月,什么也没有发现,没有发现《共产党宣言》,也没有发现来买《共产党宣言》的革命人士。

不对,这样傻兮兮是寻找不到共产党的,日本人占领下的天津商场,能有人来公开买《共产党宣言》吗?能有人询问书店掌柜卖《共产党宣言》吗?幼稚,太幼稚了。

苍天不负有心人,一天,马克终于发现了一个秘密。

天祥商场二楼,一家小书铺,一个像是买书的人,读书人的打扮,斯斯文文,面向书架站着,什么书也不翻,双手背到身后,最最奇怪,背到身后的手掌里捏着一张老头票,1000元。

别害怕,1000元老头票,在日本投降前夕的1944年,只能买一斤棒子面。那一阵,天津妓女将万元面值的老头票折成纸蝴蝶别在头发上。时不时电车上发生抢劫案,一把将妓女头上的老头票抓下来,跳下车就跑,被揪掉头发的妓女喊叫着也跳下车来追。马路上老百姓看热闹,破口大骂:浪货,活该!

觉着这位买书人可疑,马克远远地注意,这个买书人就是呆呆地立着,既不回头,也不翻书,背在身后的双手捏着千元老头票,似是等什么人。

暗号,联络暗号。

对于联络暗号,马克有过经验,从昌黎第二师范学校逃出来,使用的就是暗号。不必细问,这个买书人一定也是拿暗号来联络,一定和自己一样是寻找共产党的革命者。

看着看着,书铺掌柜似是漫不经心地走过来了,走到买书人身后。马克再看,刚才捏在买书人手里的老头票不见了,掌柜悄悄拿走了。

书铺掌柜捏过老头票,悄悄地走进后面的一间内室,挂着蓝布帘,掌柜一掀布帘,悄悄走了进去,一会儿时间书铺掌柜走出来,又走到买书人身后,人不知鬼不觉,将一本书塞到买书人手里。买书人感觉手里有了重量,看也不看书铺掌柜,蔫蔫地走了。

书铺掌柜将一本禁书交给买书人,脸不红、心不跳,一副怡然自得的神态。买书人拿到一本禁书,更是平平静静,转身踱着四方步走了。一旁看见这一景象的马克倒紧张得热血沸腾,马克的心"怦怦"跳得似擂鼓,激动得更是连气都喘不上来。联络暗号,马克知道许多革命书籍都是单线联系扩散出来的。散发革命读物的联络点,一定是共产党的联络地点,马克兴奋得几乎跳了起来,转身跑出书铺,干什么?他去换一张千元面值的老头票。

马克双手背在身后,手里攥着一张千元面值的老头票,站在书架前,目光呆滞,绝对不像买书的样子。马克留心掌柜的动作。果然没过多少时间,书铺掌柜发现了马克,悄悄走到他的身后,唰溜一下,从马克手里抽走老头票,似是还嘟囔一声:"唉,看着像个读书人。"随后,书铺掌柜走进那间内室,不多时,走出来。马克感觉到书铺掌柜将一本书塞到自己手里,似是什么事情也没有发生,书铺掌柜悄悄地走开了。

怀里揣着"真理",马克心里热热乎乎,一口气跑回刻字铺,迎头正碰见刻字铺掌柜在铺里收拾,看见马克一脸兴奋的样子,掌柜还问:"什么事这样高兴?"马克没回答,只在心里骂了一句:"你懂个屁!你知道什么是人生最大的幸福吗?"

二话没说,马克回到自己房里,关紧房门,打开书铺掌柜塞给他的那本书。封面,河边月下,一对情侣相厮相拥。掩护,遮人耳目,往后面看,翻过一页,终成好事,第三页,洞房花烛,第四页,和合之好,第五页,鸳鸯戏水,第六页,老汉推车,第七页,敲山镇虎,再往下,霸王硬上弓。

小书很薄,最后一页:"七十二式,乐趣无穷,君子量力而为"云云。

寻找真理的革命者马克，利用联络暗号买来一本书——《两个妖精打架》！

一甩胳膊，把禁书扔到地上。外面掌柜问："嘛事？"

马克立即拾起禁书，一头跑出刻字铺，跑到公共厕所。幸好没人，使劲把"禁书"扔进茅坑里了。

1945年，日本投降，中国共产党领导全国人民经过十四年抗战，打败了日本帝国主义。

一心投奔革命的马克在天津住了一年多，报上每天都有共产党活动的消息，只是马克看不到共产党的踪影。如今日本投降，国土光复，回趟老家，至少可以找到当年救自己的孙惠兰，向她表明自己投身革命的愿望，她一定会为自己引路的。而且，自己离家出走，走前连老爹都没见上一面，这几年不敢给家里写信，老爹为自己担惊受怕，也该回家看看去了。

稍事准备，马克登车回到冀东老家。

马克在昌黎城下了火车，穿过昌黎城。日本占领后期，大破坏，昌黎城一片败落，昌黎第二师范学校还在。马克只从校外经过，没有时间进去，直奔长途汽车站，买一张票，就回乡去了。

马克老家距离昌黎县城几十公里,才坐进汽车,立即就被人认了出来。

你是齐富成?

你认识我?

看着你长大的,怎么认不出你呢?

你是九大爷。

你发财啦?

唉,白在外面躲了这些年。

发财了,发财了,看你气色多好呀,可怜你爹呀,能看着你回来,该多高兴呀。

你说啥?

哎呀,你还不知道呀,可怜呀可怜,说是从昌黎下来的宪兵队,去学校抓你,你跑了,宪兵队跑到乡间,把你老爹带走了,再没有回来。唉,乡亲说,齐大爷可是好人呀。

说着,陌生人眼圈微微地红了。

爹!

两年前,昌黎老家,日本宪兵队去昌黎第二师范学校抓马克,扑了个空,连夜赶到昌黎乡下,将马克的老爹"请"走了。请到宪兵队,也没受什么委屈,日本宪兵队再混账,还拿乡间小学校长当读书人对待。一个大佐出来和齐老先生谈话,给了他一支毛笔,给了齐老先生一张纸,出了个题目,

"论马克思主义不适于中国"，齐老先生振笔疾书："夫，马克思主义者，吾不知其所详也。不才只知，儒家教诲，君君臣臣父父子子，己所不欲，勿施于人。吾人更知，敬吾老及人之老，怜吾幼及人之幼，天下太平，世界大同，乃人间正道。大日本帝国主义推崇武力征服世界，寒儒不敢苟同也。马克思先生乃德意志人士，曾著有《资本论》一书，资本一说，历来为中国儒士所不齿，资本所为，不过贩贱卖贵而已，不足为读书人道之。"云云。

齐老先生东拉西扯，写得正高兴，宪兵大佐一怒之下，夺过齐老先生的纸笔，大喊一声，噔噔噔跑过来两个日本兵，一左一右将齐老先生架到屋外，突然第三个日本兵跑过来，大叫一声，举起大枪。一声巨响，一阵销烟，齐老先生应声倒在了血泊里。

3

齐老先生惨遭日本特务杀害，尸骨未见，马克回到乡间，在自家茔园为老爹修筑了一座衣冠墓。看祖宗茔园的老人是齐家本族的一位远亲，爷爷辈。本族的爷爷告诉马克说，你老爹在世时置下四十亩良田，你老爹遇害，地契存在我这里，如今你回来了，也了结了我的一桩心事。

本族爷爷将地契交给革命者马克，并劝告他说：你也别走了，将四十亩良田租出去，够你一辈子吃用，明年你就可以成家，虽说算不上荣华富贵，至少可以过平安富裕的日子了。

老人到底是一农民，不知道世上还有一种人将祖辈留下的良田不放在心上。马克对本族爷爷说，这四十亩良田我不要了，您愿意留着，就算是您的财产，您不要，就卖了，捐给本镇学校，也了了老爹生前的心愿。

啊？世上有这样的事？四十亩良田说不要就不要了？

马克放弃老爹留给他的四十亩良田，一心投奔革命，发誓为天下穷苦人找到一条翻身的道路。回到家乡,他四处打听少时青梅竹马的朋友孙惠兰,还到孙家去过。孙家没了,老妈老爹都过世了,也不是被日本宪兵害死的。就是谢世了,活到七十多岁,死了。孙惠兰去了哪里?没消息。人们说,孙惠兰和马克一起考进昌黎二师之后,一直没有回来,有人说孙惠兰参加共产党,去了东北。也有人说,在城里见到过孙惠兰,身边走着一个大胖子,孙惠兰出嫁了,丈夫很有钱。

马克不相信,孙惠兰不是那种人,即使到了出嫁的年龄,她也不会嫁给有钱人。少年时,孙惠兰和马克一起,有崇高理想,有伟大信仰,献身真理,蔑视金钱。他们曾经一起发誓救国救民,一起梦想建立新世界。在未来的新世界里,没有贫穷,没有剥削,什么痛苦也没有,只有歌声,天上有小鸟,地上有鲜花,口袋里有钱,是干净的钱,工资、补贴、夜班费、误餐费、奖金、稿费、讲课费、国务院特殊津贴,不是肮脏的钱。

孙惠兰没有消息。

马克打听孙惠兰的消息,是要叙叙旧日的少年情谊,马克相信,孙惠兰一定参加革命去了。在昌黎二师,在日本宪兵队准备抓自己的前一天夜里,孙惠兰安排他离开昌黎县城,她一定和共产党秘密组织有联系,一定是革命组织的成员,离开学校,她怎么可能出嫁成家,放弃自己的伟大理想呢？

找到孙惠兰，就会找到革命道路。

偏偏革命和马克捉迷藏。

回到天津，刻字铺关门了，刻字铺被国民党接收大员定为敌产。

刻字铺怎么会是敌产呢？说你是敌产，你就是敌产。刻字铺不是有一间门脸吗？不光是门脸房，后面还连着一套大四合院。接收大员到天津，庆祝舞会上爱上了一位舞女，这位舞女看中了这套四合院、外加门脸房。仔细一查，后面四合院主人参加过新民会，投靠占领军，敌产无疑。挨着附逆分子，或者是附逆分子的近邻，能不是敌产吗？一起没收，作为华北行辕物资清查办事处，门外挂上大牌子，舞女小姐搬进来，任命为办事处秘书，拿一份俸禄，还算服务社会。

马克失业了。

不要紧，饿不着。

天津卫，只要没有不良嗜好，不好吃懒做，不吸毒，不嫖娼，绝对不会饿死人。

有力气，吃力气饭，没有力气，吃文墨饭，好歹跑跑腿，动动嘴，支个招，劝场架，马路上溜达，市场里逛逛，保证能混上当天的饭。

马克会干什么？

大光明码头上停着美国兵舰,美国大兵每星期下船,马克每到星期五就到大光明码头去找饭辙。美国水兵走下船来,两眼一抹黑,一句中国话都听不懂,马克走过去,"Can I help you?"(我可以帮助你吗?)只要两个美元就能雇一个翻译,美国兵简直不敢相信,中国读书人太不值钱了。

别以为给美国兵做翻译都是引他们去嫖娼,有专门引美国水兵嫖娼的皮条客,都是孩子,看见美国兵走下舰船,一个孩子凑过去,"one dillar a beautiful girl",(一个美元一个漂亮姑娘),美国兵一喊 OK,立即跟着走了,这类美国兵不用翻译。

雇佣翻译的美国人,是舰船上的文职人员。这些人想了解中国文化,穿街走巷,买纪念品,吃中国饭,这就用得着翻译了,而且报酬不低,赶上大方的,可能扔给你十几个美金。马克虽然靠给美国水兵当翻译混饭吃,但他对美国兵的恶行恨之入骨,对于美国兵,马克比对日本鬼子还要恨。日本鬼子杀人放火,可是日本鬼子到底还是个兵,见了长官敬礼,挨训时"哈依哈依"叫唤,日本鬼子之间不打架,走在路上不东倒西歪。美国兵,一群猴,无论是在舰船上,在马路上,一路走着一路号叫,不会好好走路,走着路打转儿,几个人一路走一路打逗,手里拿着酒瓶,走一步喝一口,这叫什么军队?混球儿。最可恨,不规矩,见了女人就喊"哈喽",吓得中国女人四下里跑,他们追上来,哈哈地笑着,张开双臂就要拥抱。

一群王八蛋。

王八蛋的事太多了。

国民党接收大员到津,各界人士欢迎,沦陷十四年,国土光复,终于看见亲人,中国人能不高兴吗?如何高兴,中国人优秀传统,最好的欢迎方式就是吃饭,一时间,天津所有大饭店夜夜满座,一桌饭至少几万元,燕窝鱼翅,天上飞的,地下跑的,水里浮的,什么山珍海味都摆上来了。抗战十四年,艰苦卓绝,也该补补了,接收大员个个肥得冒油,饭店生意火了,舞厅生意火了,房地产价位上去了,日本占领时期一幢小洋楼十万银圆,如今涨到几百万,接收大员个个置办房产。有人说,接收大员们离乡背井八年整,在天津买房是急着把老娘接到天津来,但是房子买到手,老娘没有接来,住进去清一色天津美女,唱玩意儿的,舞女,妓女,反正都是巾帼豪杰。美女们投靠上接收大员,不光住在小洋楼里睡懒觉,更积极投身实业,把定为敌产的实业接过来,立到自己名下,那些被定为敌产的实业就成了二奶们的产业了。

二奶产业发展极好,警察局规定市内电车必须安装除尘设备,电车后边拖着一把大扫帚,电车开起来,后面的扫帚将路上的尘土扫光,也是一大发明,这家专用扫帚厂,就是卫生局局长二奶的产品。第二项规定，全天津市民住房窗帘统一颜色，布料也要统一，夏天要挂蓝色窗帘，冬天换成红色窗帘，两种窗帘由公用局统一制作，制作窗帘的工厂厂主，是副市长级的二奶。

国土光复未及半年，全中国一片怨声载道，国民党腐败贪污，无官不贪，搜刮百姓，穷的越穷，富的越富，百姓真是活不下去了。

马克忧国忧民，虽然只身一人在天津飘零，但立志一定要走上救国救民的革命道路。各方消息传来，共产党早建立了革命根据地，马克摸不着投奔革命的道路，只能一个人干着急。

革命者马克多年寻找投奔革命道路，一直未得结果，心里着急也没有用，革命不会敲门找你来的。

好在日本投降，市面上激进书籍多了，马克读到了《西行漫记》，尽管书中的第四章被删掉了，但到底还是知道了共产党的存在。随即又有几家激进书店开张，马克买了许多革命书籍，更买到了许多苏俄作家的小说。读过这些书籍，马克追求革命的意志更坚定，热情也更高了。

只恨没有引路人，投奔革命的道路渺茫，马克每时每刻注意市面上的变化，盼望能遇到一位引路人。

苍天不负有心人，马克终于找到投奔革命的引路人了。

消息说,近日学生游行,反内战,反饥饿,反迫害,官方报纸说,学生游行是受共产党鼓动。好了,有游行的地方一定有共产党,马克留心街上游行的学生,盼着能发现一位共产党。

那一天,马克走在南马路上,远远听见游行学生的口号声。

反对内战!

反对饥饿!

反对迫害!

浩浩荡荡,学生游行队伍走过来了。学生们个个情绪激昂、热血沸腾,握着拳头,挥着双臂,喊口号。马克心里更是一片热血沸腾,一步走进游行队伍,口号喊得比学生还响,心情比游行学生还激动。

走进学生游行队伍,没有人问马克是哪个学校、哪个年级的,反正参加游行的都是热血青年,大家都是国家栋梁,互相挽着胳膊,相互牵着手,一起唱着激昂的歌曲:团结就是力量,团结就是力量!

走在游行队伍中,马克感觉自己活到今天才实现了人生价值,甚至连身体都长高了,一身的力气,精神抖擞,热血沸腾。游行队伍最后解散,马克还舍不得离开,想一直跟着浩浩荡荡的队伍走下去,走进伟大光明的新世界。

举目向四周看看,围观的市民都在看着自己,他们一定以为马克是学生领袖,大家越是看马克,马克越得意,他真想向追随在身边的市民大喊:"知道我是谁吗?马克。比发现真理的马克思少一个字,我叫马克,一心相信只有无产阶级革命才能拯救世界。知道你们为什么受苦受难吗?就因为这个世界罪恶深重,不革命人类就没有前途,中国就永远没有希望。"

再看看跟着游行队伍一起走的民众,马克心中一惊,情况不对,游行队伍两侧都有特务跟随,几个人歪戴着鸭舌帽,穿着黑布衣,没结纽襻,一副游手好闲的德性。脑门上虽然没写明"特务"二字,但一看就是特务。

马克没有丝毫惧怕,还向特务们挺直了胸膛,虽然没说话,却向特务们示威:有种的,你开枪,革命不怕死,怕死不革命,革命就是要以生命和鲜血唤醒民众。马克鄙视地向特务看看,特务倒没感觉,还跟在游行队伍后面走着。

再看看身边的学生,走在自己身边的一位学生实在不够精神,萎靡不振,穿一件洗得发白的蓝布衫,脚下一双破皮鞋,头发乱蓬蓬,戴着深度近视镜,看着像是三期肺病患者。马克并不担心自己会传染上肺病,他更赞赏这位同学的精神,只有精神可以战胜疾病,不要相信什么"三期肺病",饱满的革命精神才是最强大的生命力量。

走着走着,围观的市民越来越多,走到市中心地区,围观的民众已经将近上万人了。

突然,马克觉得身边有一点小小的动作,有人突然从队伍中跑出去。马克举目一看,那个三期肺病跑到马路中央,举起胳膊,突然将手中的一沓传单向空中抛去。传单从高空飘落下来,市民们争着去抢,随即,三期肺病走回队伍,靠近马克若无其事地走着,还是无精打采的样子。

马克心中又是一惊,果然真人不露相,莫看一副"三期肺病"的样子,绝对是真正革命同志,别人都只跟着队伍走,只有他早早地准备了传单,走到市中心,撒传单,至于传单上写的什么,自然是反对国民党的内容。歌颂国民党还用撒传单吗?写点效忠党国的狗屁文章,登在小报上,还能得稿费呢。

马克正想和三期肺病说话,突然看见几个特务往队伍里挤,他们紧盯着三期肺病,明明是抓人的样子。

不好,必须保护三期肺病,万一被特务们抓去,很可能组织被破获,三期肺病也会受苦,只是特务们已经挤进了游行队伍,除非地上有个缝儿,三期肺病已经陷于特务的包围圈里,绝对不可能脱身了。

急中生智,马克想起了自己当年出逃昌黎县城的情景,来不及准备,马克身子一歪转过身来,狠狠地向三期肺病挥去拳头。"咣"地一下,三期肺病晃晃身子,险些跌倒在马路上。

三期肺病被马克打了一拳,迷迷糊糊地不知道发生了什么事。还没容三期肺病还手,马克一把将三期肺病从游行队伍里拉到便道上,恶狠狠一双眼睛盯着三期肺病,眼睛里冒着凶光。马克向三期肺病大喊:"你踩我脚了。"

对不起,对不起。

光对不起就完了,今天我非教训教训你不可。

又是一拳。

"你可还手呀!"马克小声对三期肺病说。

"我打你个小王八蛋!"三期肺病喊了一声,扬起胳膊照着马克打了一拳。到底是三期肺病,拳头落在胸前,一点感觉没有,马克火了,"你会打架吗?"

马克和三期肺病纠在一起,马克拉着三期肺病想往胡同里钻。

站住!

马克和三期肺病一起被特务带走了。

学生们围过来,口号声震天响。

不许逮捕学生!

最后,马克和三期肺病还是一起被特务带走了。

4

1946 年，本镇警察署署长吴汉卿在百姓间口碑颇好，他命令警察不得打人。吴汉卿说，打老百姓的棍子已经够多的了，警察一根哭丧棒也打不死人，不如讨个好人缘，无论百姓如何刁钻，只许好言劝告，凡打人者，就地除名。

吴汉卿更命令警察署对于学生要格外礼貌，遇有学生上街，警察只许维持秩序，即使发现个别触犯政治忌讳的学生，也要以礼待之，以情感之，实在避不开，躲进公共厕所，千万不要惹学生。

于是，马克和三期肺病被带到警察署，一路上没受委屈，没有拳打脚踢。警察虽然凶恶，三期肺病再三争辩，警察们也只是说，有什么事情署里去说。

带到警察署，把马克和三期肺病关进了一间小屋。屋里阳光不好，不能读书，过道里有一盏灯，有人送过一次水，晚上还送来两张饼子。

不错了，警察署不是享福的地方，能够有水喝，有饭吃，绝对人道了。

倚着墙壁,马克和三期肺病对面坐着。三期肺病不说话,马克不知道应该说什么,对峙了好长时间,马克看门外没人,又看看三期肺病似是没有睡着,这才小声地向三期肺病说话。

你撒传单也不看看环境,我早发现路边有特务了。

你说什么?

我说以后再撒传单一定要看好情形。

哈哈哈!

三期肺病哈哈大笑,笑声惊动了巡逻的警察。

安静,安静,别人都睡了。

马克再不出声了,这小子和我装疯卖傻。

估计已经夜深了,马克睡不着,虚眯着眼睛看三期肺病。他也没睡,正在摇头晃脑地嘟嘟囔囔叨念着什么。

巡逻的警察似是睡觉去了,走廊里听不见脚步声,看看三期肺病似是还没有睡,马克凑过去,小声在三期肺病耳际说道:刚才对不起,拳头打重了,不是我欺负你,特务看见你撒传单,向你围了过来。

什么传单?

就是你扬胳膊撒到半空中的那一沓传单呀?

我?我?我?

三期肺病硬是和马克装糊涂。

哎呀,我救了你,你难道还不相信我吗?

马克目光里充满着真诚,三期肺病看了看,似是也觉着马克不像是坏人。

我知道,只要撒传单当时没被特务抓着,进了警察署就可以死不认账。当时我实在想不出好办法了,只好打你一拳,再把你从游行队伍里拉出来。明天过堂只承认咱两人打架,撒传单的事,和咱两人无关,是不是这个理儿?

马克还向三期肺病解释,谁料三期肺病突然哈哈大笑,一挥手打断了马克的话,盯着马克的眼睛说道:

这位同学,既是本校同窗,难道你不知道我是本校六祖禅院的主持居士许人呆吗?

啊,三期肺病终于报出姓名来了,原来他是学校六祖禅院的主持。

还是位居士。

明白了,越是标榜清高,才越是革命人士。

马克正琢磨许人呆到底是真呆还是装呆。这时,许人呆倒先说起了话来。

我法以心传心,不立文字。这位同学何以说我撒过什么传单呢?

你瞧,他开始抵赖了。

你没撒传单？

马克心想，我若是看错了，算我不是人。

什么传单？三期肺病又接着说。人呆一心研习禅宗，而禅宗自创立以来，不立文字，以心相传，见性成佛。这道理同学应该是知道的。

我没有那么大学问，不懂禅宗。我也不是你们的同学，我是个无业游民，跟着学生游行。

朋友何以跟着干这类愚蠢之事？

愚蠢？国民党发动内战，杀害无辜，贪污腐败，民不聊生，怨声载道，天下兴亡，匹夫有责，热血青年怎么能够袖手旁观呢。

人呆不懂政治，不知时局，何以当局倒行逆施？何以民不聊生？人呆更不知何以救国救民。吾佛昭告，善有善报，恶有恶报，生死轮回，早去极乐世界一天，早一天脱离苦海，吾佛圣明，人呆只知道苦海无边，回头是岸呀。

明白了，明白了，这小子明天受审，他就拿这套疯话"玩"警察署。

这位朋友，人呆倒想知道，你有兴趣参加游行，可是游行后你去哪里吃饭呢？

三期肺病开始挑逗革命者马克了。

唉。

马克蔫了。

三期肺病许人呆一番装疯卖傻，老子压根儿就不知道传单为何物，再在警察署讲了一大套禅宗道路，最后把审问的法官弄得五迷三道，三期肺病许人呆回到学校来了。

许人呆不光自己回到学校，还把马克带回了学校。

在警察署，许人呆得知马克没有职业，就建议他可以到大学来，大学里有的是杂活，那么多实验室，每天都雇人。做零工也行，干一个月也行，不想走，一直干下去，至少能混上饭吃，还有时间听课，想听哪位圣人的课，到时候就进教室，坐下来，就是学生，圣人也知道，旁听生比弟子多。

如此，革命者马克就成了业余大学生了。

迁进大学，马克活得很惬意，至少，每天都能找到活儿干，好歹干点活儿，就能挣到饭钱，从此马克没有温饱之忧，一心只追求真理，投身革命了。另外，学校里气氛自由，过去马克要将钱捏在手里、背着手等书店老板将钱取走、再将宣传真理的书偷偷放在手里的"禁书"，如今就冠冕堂皇地摆在学校书店的书架上，三青团、蓝衣社、中统特务也不管，趁着空气自由马克买了许多革命书，连王亚南翻译的《资本论》都买了，还有《斯大林传》等等。读过革命书籍，马克更加坚定了追求革命的伟大理想，很快就成了尚未参加共产党的共产主义战士。

另一点让马克感到惬意的事是,进了大学门,谁也看不出谁是学生,谁是旁听生,谁是找零活儿干的小工,那时候还没有农民工,农民也不进城做工。马克面貌清秀,斯斯文文,还有几个挟着厚本书的女学生,有意无意间向马克丢眼神儿。幸亏马克有远大理想,换了别人,早堕落了。

最让马克激动的事情是,他参加了学生组织,学生社团不管你有没有学籍,学校到处贴着告示,"什么什么社团今晚活动,欢迎各位同学踊跃参加"。只要你去,就算你一号。马克什么社团也没参加,他是跟着三期肺病许人呆来的,参加了由许人呆主持的六祖禅院。

马克坚信六祖禅院绝对是共产党地下组织,他明明看见游行队伍里三期肺病撒传单,进了警察署,三期肺病死不认账,还和警察署玩猫捉老鼠,最后警察署只好放人。放人还不行,三期肺病不走,你得向我道歉,还得将我送回学校。你瞧,不是共产党能如此高明吗?

跟着许人呆走进学校大门,革命者马克的心潮又澎湃起来了。社会动荡,大学是敏感区,国共双方都在利用青年学生力量进行政治斗争,共产党更以大学为根据地发动合法斗争,国民党撒开特务大网对青年学生进行迫害,马克以一个旁听生的身份走进校园。黑名单上没有马克的名字,马克比进步学生有更大的活动自由。

只是,事实并不像马克想的那么浪漫。在校园里,没有人通知马克去参加秘密会议,也没有人要马克去探知秘密情报。走在校园里,三期肺病许人呆从对面走过来,马克才要过去打招呼,三期肺病许人呆一觑脸,压根儿不认识,硬从马克身边走过去了。六祖禅院组织活动,三期肺病也不向成员们介绍马克,马克也不知道这些居士们姓甚名谁,大家一起嘟囔一阵,天黑了,人也累了,作鸟兽散,明天该听课的听课,像马克这样的,该找活干的去找活干。

一点革命气氛也没有。

马克开始失望了,没有一点浪漫色彩,还叫什么革命?

不对,还是自己没有找到引路人。

三期肺病游行队伍里撒传单,未必就是共产党,共产党不暴露自己,出来闹事的,都是傻小子,被特务们抓走的也是傻小子,真正共产党,一个也抓不着。

在大学里混了整一年,马克没有发现一个共产党,更没有参加任何革命活动。这一年,没有发生学生运动,只看见时局一天一天乱下去,东北失守,国民党军队节节败退,最后,解放军进关,天津北京告急。

解放军就要攻城了。以一个平民身份进入新社会,马克越想越不平衡,自己从少年追求革命,直到革命胜利,什么贡献也没有,太冤了。

光参加六祖禅院活动,每天晚上看几个神经病坐禅,马克一腔怒火:什么时代了,外面炮火连天,解放军已经开始包围北平天津,中国人民盼望的新时代就要到来了,你们身为青年一代,不参加变革时代的伟大斗争,却每天坐在这里悟禅,浪费了大好时光,来日你们会后悔的。

一天晚上,六祖禅院一帮神经病散去,禅院里只剩下了三期肺病和马克两个人,马克悄悄关上房门,小声对三期肺病说:"人呆,我实在不明白你们这帮人犯的是什么神经病,解放军节节胜利,国民党最后崩溃的日子已经指日可待,平日,你们组织游行,反对国民党,如今眼看着国民党就要倒台,你们倒关在屋里讲禅了。"

你想做什么?三期肺病冷冷地向马克问着。

我也说不清应该做什么,我只是想,我们总应该为即将到来的新时代做点贡献,我也不知道共产党现在需要什么情报,也弄不到情报,也没有能力向解放区输送武器医药,现在向民众宣传革命吧……

好了好了,你快回去睡觉吧。

马克吃了个软钉子,无聊地从六祖禅院走出来。

过了几天,一天黄昏,马克在大院里看见三期肺病无精打采地从外面回来。今天也怪,三期肺病一身泥巴,累得几乎走不动路,拖拉着两条腿,脸上一点精神没有,明明是干过重活。

人呆,你怎么了?

我挖战壕去了。

挖战壕?

马克一下惊呆了,早从去年,东北失守,传言共军已经进关,天津警备司令就放言,要在天津打一场反击战,扭转战局进入反攻,天津城防固若金汤,必将成为共军过不去的封锁线。为了建筑固若金汤的防线,天津在护城河外修起了连绵十几里的碉堡群,那一阵大汽车每天拉着水泥、石块从学校后面的道路上跑过去,更看着军队押着成队的民夫往外走。晚上民夫们下工,一个个疲惫不堪的样子,学生们都看在了眼里。

如今战场就要拉开了,何以还修碉堡呢?

马克迷糊了,最让马克不解的是,许人呆书呆子一个,看神色绝对三期肺病,而且他还不至于没饭吃,学校里倒有人去挖战壕,那都是些与家里断了消息,为了挣工钱,才去挖战壕的,莫非三期肺病是被抓去挖战壕的?

没事少上街,乱哄哄的。

马克劝三期肺病,时局吃紧,没事少进城。

没想到,第二天黄昏,三期肺病又拖着疲倦不堪的身子回来了。

你又挖战壕去了。

哦,马克恍然大悟,三期肺病一定负有什么使命,挖战壕是一种掩护,说不定是刺探军事情报。

一天给多少钱?马克动了小心眼儿,向三期肺病问着。

一个工五万元,馒头白吃。

别激动,这里说的五万元,可不是一部分人先富起来之后万元户的五万元,这五万元是1948年秋冬之交金圆券的五万元,早晨粮铺开门之前,十斤棒子面的价钱,开门之后,就八斤棒子面了。

明天我和你一起去。

你别跟我一起去,想去挖战壕,招工的地方,每招够四十人往阵地拉一批,你在旁边看着,等第一批拉走了,你再过去。

明白了。

马克是何等精明的人呀。

三期肺病不靠挖战壕挣饭钱,吃饱了撑的,他挖战壕去锻炼身体?不对,他一定负有使命,而且他告诉马克和他分开去挖战壕,明明是想了解阵地的情况。哦,马克心里突然一亮,共产党指示三期肺病提供国民党防线地图。

第二天,马克来到招工地点,八里台小河边上,几个国民党兵,一张桌子,桌子后边一条绳子拉出个大场子,里面蹲着几十个报名挖战壕的民夫。一个人拿着大喇叭喊叫:"挖战壕去啦,一个工五万块,馒头牛肉,挖战壕去啦!"喊声震天响。马克犹豫一会儿,毅然和几个穷苦人向国民党兵走过去。

学生不要!

我还有上学的造化?你瞧瞧我身子骨,学生有这样强壮的吗?

叫啥名?

王小六。

把名字写下。

马克拿过笔来在纸上画了一个×。

我让你写名字。

不会。

这是个啥?

中国人凡是不会写字的,名字都是一个×。

行了,进去,话可是说前头,到了工地不卖力气可不客气,五万块不是好赚的。

马克没吭声。

凑够了四十号民夫,过来一个大兵,押着民夫登上大汽车走了。

汽车开出八里台,下车,马克看看周围环境,呆了。

光知道天津警备司令部在护城河外筑了碉堡,没想到,就在修筑护城河外碉堡的同时,他们还悄悄在护城河内一侧筑起了一道碉堡线。马克虽然没学过军事,但凭他的智商,立即就明白这是第三道防线。第一道防线在护城河外,第一道防线失守,后面是几米深的护城河,护城河被攻破了,解放军登上河堤,居高临下,完全暴露在第三道防线面前,而且这个第三道防线,地势低,火力密集,一定会让进攻的一方吃大亏。

如今是拉来民夫挖战壕,各个碉堡之间要相互连通,时局紧张,地堡准备进入战事,所以在各个地堡之间要挖通战壕。战壕一米深,培上半米高的土,相互串通,大兵弯腰可以跑来跑去。

莫怪三期肺病要来挖战壕呢。

解放军一定不知道这个隐蔽的第三道防线。

明白,明白,天下没有马克不明白的事。

宣布纪律,每个工定额十米,深一米,宽二米,培半米高的土,早完早下工,早领钱,早回家,完不成定额不发工钱,干到第二天,还是一个工钱,对于磨洋工偷懒者,绝不客气,更不许东瞧西望,只许挖战壕,不许进地堡,发现刺探军情者,就地正法。

干活！抡起大镐，马克干起活来。一看就是庄稼汉，干活卖力气，挖了一会儿，累了，马克掏出纸烟盒。

不对，马克不是不吸烟吗？

对，马克不吸烟，就为了挖战壕，昨天恶补，学会了吸烟。

挖战壕何以还要学吸烟？

你们没进过农场。俺们在农场干活，累了，想直直腰，唯一的办法就是吸烟。你不吸烟，直腰站着。偷懒呀，还想不想重新做人了？吸支烟，养精蓄锐，为了更努力改造。

马克才点燃一支香烟，带工的大兵晃晃荡荡地走了过来。

来支烟。

马克恭恭敬敬地送上一支香烟。老刀牌，最次的香烟，一股烧树叶味儿。

干活！

大兵抡起大枪就要捣马克，马克一闪，嬉皮笑脸地向大兵讨好。

副爷，我孝敬您"大前门"。

说着，马克掏出一盒"大前门"。大兵没笑，装着不情愿的神色，接过"大前门"，装进口袋里，走了。

叼着香烟，前半截香烟，脸向南站着，后半截香烟，脸朝北站着,向南向北,马克基本看清了这条碉堡的布局:朝南,筑好了八个地堡,如今先拉来的民夫正在挖战壕,说不定三期肺病就在那边;往北看,看不到头,能看见的地堡,二十几个,再远处的还没有人挖战壕,慢慢来,总有挖到最后一个地堡的一天。

挖到中午,一人发一斤大饼,一块咸菜疙瘩。战壕已经挖到一米深了,战壕外侧,已经培起了半米多高的土坡,马克拿着大饼,跳上土坡,正想举目眺望,大兵大喊一声:我开枪啦。

马克从土坡上跳下来。

这就行了,只一秒钟,马克看到一个秘密,在第二十几个地堡之后,绕了一个大弯,为什么要留一片空地？看得出来,炮位。

妈个巴,你撩高看什么?刺探军事秘密,就地正法。昨天就敲了一个。

我直直腰。

就你事儿多,看着就不是好人。

大兵嘟嘟囔囔地拉着大枪走了。

马克低下头,玩命地干起了活。

晚上,校园里没看见三期肺病。马克找到六祖禅院,空空的房间里,椅子桌子都没有了,扒着窗子一看,三期肺病倚着墙睡着了,鞋子也没有脱,一身的泥巴,神色疲惫不堪,看样子是累苦了。

马克悄悄走进房间,更是大吃一惊,三期肺病嘴角上淌着鲜血。

你怎么了?

马克扶起三期肺病。三期肺病无力的眼睛看看马克,指指胸口,出了一口粗气。

唉,你哪里是挖战壕的人呀!

马克背着三期肺病走出校园,就近进了一家小医院。医生开了药,病情终于稳定。

明天你不要去了。

马克安置三期肺病睡下,更嘱咐着说。

第二天,只马克一个人挖战壕去了。

晚上回到学校,迎面正看见三期肺病在院里转,似是闲着没事散步,看得出来,是等马克。

好在校园里没什么人,马克向三期肺病点了点头,两个人蹲下,马克手里抓着一把碎石头,一个一个摆开,向三期肺病汇报他看到的情形。

我赢了!

突然,三期肺病把摆成一道直线的碎石头胡拉乱了,在地上摆好了五子棋的样子,好像他正和马克下五子棋。

马克抬头观望,远处,魏敬明慢慢地走着。

这小子,白天晚上在校园里转,监视学生们的活动。

马克向魏敬明招手:过来,过来。

马克拾起一根树枝,在地上画了一大堆公式,魏敬明走过来,向地上看着。

你解解这道题。马克指着画在地上的公式向魏敬明问着。

别把五子棋看作只是小孩子的游戏,微积分,概率论,西格玛,嘎玛,N次方,最后约分,怎么总是我输?

魏敬明不懂微积分,摇摇头,没兴趣,走开了。

马克笑了笑,又将石子摆在地上,继续向三期肺病汇报。

从小树林开始,第一个地堡,一条直线,三十六个地堡,每个地堡之间,二百米距离,每三个地堡之间,有一组炮位,中间一片开阔地,可能是雷区,越过开阔地,又是地堡,直到护城河拐弯儿,连上了大河。

三期肺病听着,一字一字记在心里。

嘿!我们那茬大学生,脑子绝对金刚钻,闭着眼睛能画出世界地图,标出人口百万以上的城市,标尺多少,实际面积多少,经度多少,纬度多少。三期肺病更是记忆力惊人,据说他学英文背字典,从第一页开始,背下来一页,撕掉一页,直到最后一页撕掉了,英文也学会了。如今,马克向他描述的三道防线情况,听一遍,全记在心里了。

哟,不相信了。

当今诸位学子们呀,吓着你们了,对于三期肺病来说,莫说是三道防线,就是三百道防线,向他说一遍,他也能记得一字不差。真有这样的神人吗?告诉你们,我党一位老前辈,从莫斯科第三国际回来,带来一份第三国际更新的密电码,没带一张纸,没记一个符号,愣靠脑袋瓜子,一字不差地全带过来了。

挖战壕的活干完了,马克回到校园。第三天,三期肺病来到丙字六号勤杂人员宿舍,将马克找出来,走进六祖禅院,小声地对马克说:

我要走了,你的情况,我已经向组织上汇报,组织对于你坚信真理,投身革命的热情非常了解,希望你为中国人民的解放事业做出更大贡献。

马克嘤嘤地哭了。

噙着泪珠,马克激动得嘴唇哆哆嗦嗦说不出话来,多少年等待见到革命时尽情述说的一肚子话,此时此刻竟然一句也想不起来了,马克只是呆呆地看着许人呆,也不过去握手,也不拥抱,就是远远地坐在许人呆对面,无声地嘤嘤抽泣。

早从六岁开始识字，就知道自己是一个中国人，开始上学，看着校园里飘荡的太阳旗，知道中国人在太阳旗下只能屈服忍受；进入中学，不记得是什么场合，也不记得是什么机会，马克开始知道中国人不能做奴隶，进而，青春热血涌进马克的血脉，马克开始寻找中国自强的道路。

从改名马克，从昌黎二师出走，马克更坚定了投身革命的意志。为了找到革命，马克毅然放弃可以供养自己一生的四十亩良田，忍受老爹惨遭杀害的悲痛，远走他乡，寻找投身革命的道路。

终于，轰轰烈烈的学生运动将马克带进了一个新的生活世界，在学校里，马克感受到年轻人救国救民的强烈心愿，更看到热血青年为未来新时代献身的崇高理想。几年时间，马克朦朦胧胧地跟着撒传单，按照许人呆的布置，引领一个个激进青年去东马路费家胡同四号大院，直到和许人呆一起去挖战壕，再到今天许人呆说出"组织"两个字，这条寻找革命的道路实在太漫长、太艰难，也太曲折了。

马克明白，许人呆要走了，解放战争进入最后决战时刻，为保护革命力量，长期在国民党统治区工作的革命同志，必须在最后时刻撤离。在组织撤离的最后时候，许人呆代表组织向自己传达最后指示，此时此刻自己就是革命队伍的一个成员了。

马克没有说一句话，许人呆和自己谈话的时间也不可能太长，天色不早，许人呆可能立即就要离开学校，马克只是以坚定的目光看着许人呆，向许人呆表达自己对革命事业的一片忠诚。

我知道，学校里有许多事情要做，保护好学校，保护好几位教授，迎接新时代的到来，放心吧，我做事情，身份方便，我绝对不会辜负组织对我的信任。

此时此刻，马克走进革命组织的瞬间远不如他想象的那样隆重，那样神秘，那样浪漫。外面没有跟踪的特务，校园里没有秘密联系地点，没有稍显黑暗的房间，墙上没有镰刀斧头的红旗，没有引领宣誓的领导，远处没有飘来"英特那雄耐尔一定要实现"的乐曲，一切一切像是都没有发生，就是一片黑暗的校园，清静的校园，隆冬季节的寒风，许人呆显得瘦弱的身体，还有马克怦怦跳动的心音。

我走了。

听到许人呆说出"我走了"三个字，马克觉得自己的身体几乎变成一尊铜像，沉重的担子落到自己肩上，校园的景色变了，周围的环境变了，远处微弱的灯光变了，连天空的颜色也变了。

许人呆走了，没有回头。马克也没有目送，马克知道纪律，知道一个革命者此时此刻应该有怎样的表现。

许人呆走了。

解放战争胜利之后,马克和许人呆重新聚首,说起自己离开学校那天夜里的情形,许人呆还虔诚地向马克忏悔。

按照任敏同志的布置,许人呆离校之前,只能接触马克一个人,向他传达组织对他的安排,向他转告组织对他的信任,只是,不知道为什么,许人呆向校园外面走着,突然发现自己走到南斋孟老夫子住处附近来了。

还有一点时间,许人呆控制不住自己,轻轻地敲响了南斋孟老夫子的院门。

出来开门的,自然是孟露。

孟露没有说话,好在许人呆晚上来向孟老夫子请教禅学的事,早就司空见惯了。

神经病,大炮响得这么近了,还你那套禅学。

孟露引着许人呆往房里走,小声地数落着。

我看看孟教授的生活安排好了没有。许人呆解释着说。

房里的玻璃窗都粘好了宣纸,地下室也准备好了。

哦,这就好。

许人呆跟在孟露的身后,似是并不急着往房里走。

孟露回头,看见许人呆穿着厚厚的棉衣,一副出门的样子。

这么晚了,怎么还出去?

我胃口不好,出去买点药。

早些回来。

很快,很快就会回来的。

你还不快走,过一会儿戒严了,听说战事越来越近了。

许人呆站在院里,倚着老槐树,呆呆地看着孟露的身影。

孟露回过头来,静静地看着许人呆。

许人呆和孟露,本来一对要好的朋友,后来许人呆参加了共产党,一对本来经常来往的朋友,渐渐地疏远了,许人呆再也不和孟露过多接触,也不多说话,就像陌生人一样,许人呆来到孟老夫子院里,只问教授有时间吧。两个人往屋走,许人呆也故意和孟露拉开距离,有时候孟露不高兴,抢白许人呆,我吃不了你。许人呆还装作没感觉,什么话也不说。

今天似是情形不对,许人呆似是没有什么理由敲孟老夫子的院门,也不急着进屋,就是倚着老槐树看孟露,目光显得有些冷峻,没有激情,没有温暖,就是冷冷地看着孟露,孟露会意,索性转过身来,由许人呆看自己。

孟露知道,今天晚上许人呆就是为了看自己才敲开孟老夫子院门的。

你看吧。

孟露背倚着墙壁,抬起头,一双含情脉脉的眼睛看着许人呆。

突然,孟露想起什么,解下自己的围巾,"晚上风大",走上一步,将围巾套在许人呆的脖子上。

许人呆慌忙躲闪,孟露身子一晃,两只胳膊紧紧地抱住许人呆,立即,两个人分开,孟露向后退了一步,将围巾递给许人呆。

早点回来。

许人呆听到身后孟露深情的声音。

许人呆走了。

战争离学校越来越近了,炮弹越过学校,落到市区守军的重要据点上,各种各样的消息传来,振奋人心,解放军就要打过来了,市里一片混乱,物价飞涨,人心惶惶,人们都说"快了快了",人们也不问什么"快了",反正就说"快了"。

终于,"快了"的一天来到了。

隆冬季节,学校暖气几乎没有热度,马克每天都要到后院煤山上去偷煤点炉子取暖。一天黄昏,马克推着小车往后院走,突然一声尖叫,活赛是杀鸡,吓得马克停下了脚步。

一个女子的尖叫声。

马克突然一惊,站到高处张望,一定发生了恶性事件。

学校里只剩下有限几个学生,大多是家在解放区,没法离开学校的外地人,其中也有几个女学生,空荡荡的校园里,说不定会溜进来坏人,一个女学生大叫失声,马克意识到自己的神圣使命,一定要找到呼救的女子。

顺着喊声找过去,不远处,后院煤堆附近,一个女学生跌倒了。

马克跑过去一看,呆了。

认识,学校有名的校花,孟露,学校第一美女,姓孟,崇拜美国电影明星梦露,偏偏她又姓孟,稍一改动,她就孟露了。

马克听孟老夫子的课,每次孟露搀着孟老夫子走进教室,马克早就注意过这位美女,只是马克是柳下惠,从来没有起过邪念,孟露是孟露,和马克一点关系也没有。

看见孟露跌倒在煤堆旁边,马克慢慢地向孟露靠近过去,为避嫌,马克没有俯下身去扶她起来,怕落下调戏的罪名,跳进黄河也洗不清。

乡巴佬,你愣着做什么,扶我起来呀!

说着,孟露高高地伸过手来。

马克吞下豹子胆,弯下身去拉孟露站起来,哎呀,孟露同学的小手活赛是一团凉粉,没有骨头。

我来弄点煤,跌倒了。

马克实心眼儿，扶起孟露，又接过孟露手里的小筐筐，替她装了一筐煤。

孟露龇牙咧嘴地要提起装煤的小筐，试了试，没有提起来。

既然做好事，你就帮助我把这筐煤提到南斋去吧。

孟老夫子住在南斋。

孟老夫子南斋的暖气温度太低，孟露为孟老夫子在卧室、书房里安了两个煤炉。

马克和孟露虽然没有说过话，但每次孟老夫子讲课马克都去旁听，每次孟老夫子讲课又都是孟露搀扶着进教室，两个人早就相互认识。

走进南斋，马克将一筐煤倒在院里，还对孟露说，以后捡煤的事就交给我吧。

孟露说，谢谢你了。

明天你陪我进城一趟。

马克将煤筐放下，正转身向外走，突然孟露在后面小声地说道。

进城？

是呀，孟露点了点头。表示马克没有听错，自己就是请马克陪她进城。

进城，不是奇怪事，女人买点东西，洗洗头发，做件衣服呀,都要进城,从南苑大学到市区,四里的荒路。我们读书那时候,从市区通往学校区的道路是最荒芜的道路,谁走这条路呀?哪个时代都一样,通往官府的路,走的人最多,送礼的,买官的,求人办事的,套近乎的,告密的,路上行人络绎不绝。通往花街柳巷的路,人也不少,买笑的,打茶围的,拉皮条的,时出时没。至于通往学校的路,那就没有多少人走了。穷教书匠,都是混不上饭的失败者,寥寥无几,学生,更是一个星期走一趟,所以通往学校的路,没人修,夏天一片荒草,冬天白雪皑皑。

通往学校的路,最安全,没有劫道的土匪,土匪不会劫书;也没有美女,美女不来勾引穷教书匠。通往学校的路上,没有值钱的货。

如今兵荒马乱,孟露要进城,自然要找一个大汉陪伴,路上几乎没有人,即使没有土匪,一个人走着也害怕。

孟露进城有什么事?

第二天,走在路上,孟露才告诉马克。

孟老夫子对孟露说,六教授的严正声明,在社会上引起强烈反响,天津几所大学的教授们响应南苑大学六教授严正声明,一致决定留下来迎接解放。不光是大学,社会上许多读书人,都不怕老蒋的胁迫,决定留下来迎接解放。但是自从六教授发表严正声明之后,南京方面断绝了财政拨款,从发表严正声明,至今三个月不发工资,教授工资本来就微乎其微,一连三个月不见一分钱,教授们怎么活呀?

如今变卖什么也不行了,教授家里有绝版古籍,五毛钱一斤,一箱书,换不来一斤棒子面,别的东西更没人要了。卖文为生,写小稿,报纸没有人看,报馆都快关门了,类如后来,一家大杂志只印一千本,哪里还有稿费呀。饿得活不下去,有人开始写色情小说,写新武侠,还有的挨不起饿,跟老蒋走了。

孟师母,旗人,还是正黄旗,祖辈上在紫禁城里骑马,相当于国务委员。她出嫁时带过来许多好东西。如今党国要人南迁,金银财宝带不了多少,使劲搜罗钻石珠宝。孟老夫子不管家里的事,不知道吃饭穿衣还要用钱去买,日子好过不好过,与他无关,孟师母惦着六教授的日子,悄悄拿出一件东西,正好有一位亲戚说有一位官太太想买点儿东西,孟师母找出一小块石头渣,拿出去换回来50元银洋。正常年月,这块小石头渣至少能卖到五千两白银,倒霉了,国也不值钱,党也卖不上价儿了,一小块石头渣能换来50块大洋,已经够便宜的了。

按照孟老夫子分配方案。50元银圆分成6份,每人8元,多出2元,给史学所的郑教授,郑教授老伴儿有病,需要钱。

孟老夫子吩咐,第二天,找一个强壮学生,陪孟露将银圆分别给各家送去,如此,孟露便找到马克一起进城。

进城路上,孟露对老一代读书人的品德表现出了无限的敬佩,中国有这样的知识泰斗,真是国家之幸,民族之幸。中国人只要一读书,立即就手足兄弟了,可以共患难,共富贵,同舟共济,患难与共,这才真是有饭同吃,有穴同居,什么是共产主义?中国读书人信奉的就是共产主义。

第一个来到的,是史学所郑先生家。

郑先生接过银圆,哈哈一笑:哎呀,昆明西南联大时期欠孟老夫子的钱还没还清呢,新债又来了,到底欠多少钱,我也记不清了。你们孟老夫子不是相信生死轮回吗,下辈子还吧,只是谁知道孟老夫子下辈子投生到什么地方去呀,而且也不知道孟老夫子下辈子是不是还能和你们孟师母喜结伉俪,这钱如何还呢?哦,哦,你们孟师母有好东西,首饰匣里好多五颜六色的碎石头,还有玻璃球(可能是钻石、宝石、珍珠。林希穷眼,没看见过比山芋更值钱的东西,也叫不上名儿)。哈哈哈哈。

郑先生爱说玩笑话,日月难熬,绝不愁眉苦脸,郑先生立即将太太请出来,财神爷送钱来了,你赶紧买米去吧。

下一家,理学所的何先生。何先生内向,光感动,不时地拭着热泪盈眶的红眼角,嘴巴微微地动着,十足的湖南口音:老蒋不就是要把大家饿死吗？饿死也不跟他走,不走!

说着,何夫人给两个学生送上来两杯白水。

出来之后,马克对孟露说,你看,何先生家连买茶叶的钱都没有了。马克要去买包茶叶给何先生送去,孟露拦住他说,你那样做就伤了何先生的自尊,这些人怪得很,孟教授给他送钱,他感动,你给他买茶叶,他可能把你踢出去。

第三家,经济所的吴先生。吴先生血气方刚,接过钱来,大骂蒋介石,日本投降之后,中国人抱着满腔热情希望中国振兴,可是老蒋一帮人倒行逆施,推行一个主义、一个政党、一个领袖,使用特务手段,扼杀思想言论自由,最不得民心,悍然发动内战,妄图建立法西斯独裁统治,云云云云,如果不是孟露再三告辞,吴先生最少要讲一个课时。

回到南斋,马克正要告别,孟露又对他说:明天下午4点,你到东马路费家胡同四号去一趟。

说完,孟露小姐走进屋里去了。

马克心里一惊,怎么孟露小姐也知道东马路费家胡同四号?

孟露女士,上海大财阀家的千金小姐,美貌迷人,花枝招展,娇娇滴滴,臭气哄哄,从来不和任何人来往,想不到,东马路费家胡同四号要她转告自己去那里一趟。东马路费家胡同四号,对于马克来说,绝对不是陌生地方,多少次,三期肺病布置自己去那里送人,自己早就走熟了路,只是自己从来没有进去过,看来孟露小姐一定进到过院里去。

同志。孟露和自己一样,也是革命队伍的一名成员。

东马路费家胡同四号为什么通知自己到那里去呢?

马克心里一动,投身革命的时间到了,自己帮助输送了这么多的激进学生,如今眼看着就要围城了,再不出去就没有机会了,东马路费家胡同四号传话让自己去,一定是要输送自己去解放区接受培训。

这次,是堂堂正正的革命人士了。

到了东马路费家胡同四号,敲开院门,出来开门的还是那位老太太,什么话也没说,就是把大门拉开个缝,老太太身子闪向一旁,等马克走进大院,老太太把门关上,还是什么话也没说,老太太自己走开,将马克丢在大院里。

马克抬头看看,大院里三面厢房,正房大门锁着,只有西厢房,房门半开着,马克茫然地向西厢房走过去,突然听见背后有人招呼自己。

马克回过头来,呆了,站在西厢房门外的,任敏,两条人命姐姐。

真没想到,多少次输送激进学生来东马路费家胡同四号,里面接待这些激进学生的竟然是两条人命姐姐。这位姐姐平时在学校里并不活跃,几次游行也没参加,各种集会从来没见她发表过什么演说,都知道她是海伦城堡的主持,学校里传说她带着几个风骚女学生玩同性恋,怎么她躲在东马路费家胡同四号领导革命?

马克同学,这两年,你为革命做了许多工作,组织上对你是相信的,你一定想,追求革命的学生都走了,怎么把你留下了呢? 这是因为你还有更重要的任务。

天将降大任于斯人也。

为什么将你留下?因为你不是在校生,学校当局不知道你的存在,国民党三青团更不注意你的活动,现在正是黎明前最后的黑暗时期, 国民党三青团很可能对进步学生施以更野蛮的迫害,所以组织决定先把有危险的学生输送出去。但是学校里不能没有我们的力量, 现在我们的任务就是保护学校,防止反动派对学校的最后破坏,不必多少时间,解放军就要进城了,能够保护好学校的财产,保护好图书,保护好建筑,保护好老教授,就是对解放战争最大的贡献。

马克万分激动,组织上把自己留在学校,原来对自己有更高的要求。说得对呀,临近解放,国民党三青团疯狂迫害进步学生,只有自己隐蔽得深,国民党三青团不知道学校里有个革命者叫马克,由马克负责解放前最后的保卫工作,才是最好的安排。

马克接受任务返回学校,很快组织起了护校队,都是原来的工友,胳膊上佩着白布带,上面写着红色"护校"二字,白天巡逻有木棍子,夜里巡逻有手电筒,胸前挂着哨子,几个人一组,威风凛凛,成为学校最高权力象征,代替校长、学生会主席执行任务,马克是最高执行官,神了。

一般护校队每天一班,值白班的,夜里睡觉,值夜班的,白天睡觉,马克三班总监督,没有休息时间,他没有固定巡逻路线,学校里每一个旮旯他都得查看,实验室大门上的锁有没有人动过,图书馆里有没有动静,防火设备齐全不齐全,几位还住在学校里的老教授生活上有什么问题,最大的任务,注意国民党最后的疯狂,破坏学校。

5

1948 年,进入冬季,远方传来了炮声。

学校里早就没了人影儿。学生们几乎全部离开了,外地学生,躲避战争,早早地回家去了,本市学生,也再不来上课。学校远离市区,传言说解放军将从这里攻进城市,这里将发生激烈战争,国民党守军更在学校附近筑了工事,战争一打起来,这里就是前线。

住在学校里的教授们,也不知都去了什么地方,有人说共产党地下已经将教授们送到解放区,左派教授更怕国民党最后疯狂杀害,早早离开学校躲到市里去了;追随国民党的教授,更早早乘飞机、轮船南下,有人看见过"教坊犹奏别离歌"的悲惨景象,许多人放声大哭,还有人挥臂高呼,誓与党国共存亡。

完了,事情到了今天,怎样表演也没人看了。

学校庶务处大门挂上了大锁,学校里没有零活做了,好在教授们搬家,找到马克头上请他帮忙的活儿还不少,比起在实验室刷瓶子收入还多。在实验室刷瓶子,每天最多能挣到三顿饭,帮助教授搬一次家,遇到大手大脚的教授,最多的一次塞给马克一张万元大票,吓得马克不敢接,以为这位教授要买通他,让他随自己一起追随国民党殉党殉国。

马克没有去前线参加战争。马克革命信仰不变。马克坚信,革命对每个人都有安排。马克追求革命的一片诚意,革命不会不知道,什么时候用自己,革命自有安排。重要的是你自己不要动摇,不要怀疑,革命马上就要胜利了,城市解放的一天,革命一定会找到自己,并且布置重要使命的。

革命没有来,呼啦啦,国民党败兵涌进校园来了。

一天夜里,马克正睡着,就听见外面大喊大叫,骨碌一下跳下床来,衣服也没穿好。马克从宿舍跑出来,就看见校园里人山人海,也没有灯,黑乎乎看着是国民党败兵,个个狼狈相,披着破衣服。已经是隆冬季节了,败兵们穿得极为单薄,一个个冷得吸鼻子,抱肩膀,在寒风中打哆嗦。

就是这儿了,各团长拉着自己的弟兄找屋子睡觉,砸几把椅子拢火可以,别给人们毁东西,咱们还有番号咧。

喊话的人操东北口音,听得出来是长官,官还不小,各个团长么,起码是个军长了,团长也可怜,"拉自己弟兄"找屋子睡觉,一个团也剩不下多少人了。

有人问,吃饭的事咋着?

吃饭的事,明天我去找警备司令部,妈个巴子,反正不给饭吃不行。先忍一宿吧。

操,当兵的挨饿了。

这学校有管事的吗?

一个操东北口音的汉子,披着草绿色呢子大衣,一副长官模样,扯着脖子大喊。

马克挺身而出,校长不住在校里,庶务处也没有人,我是个做杂工的小工,有事你对我说吧。

给我们号房。

住房没有,学生宿舍空着,你们不能占,住教室,没床,将课桌连在一起,将就着睡吧。

至少得给我号一间房。

长官下达命令,要马克给他找一处好房子。

这样吧,咱们有个约法三章,你们住下可以,只是不许破坏学校的财产,学校也没有金银财宝,就是实验室里的仪器、图书馆里的书。

俺们要那些没用,你给俺们找点煤,弟兄们冷苦了。

马克将败兵们安置进几间教室,告诉他们去哪里拉煤,还给那个长官找了一间房。看着败兵倒没有破坏什么东西,马克这才回去休息。

学校被东北败下来的国民党兵占据了。

从锦州战役退下来的国民党 69 军,一群土匪,被天津警备区安置在学校里短期休整,将学校搞得一片乌烟瘴气;天冷,明明学校里有煤,没人去取,就砸教室里的桌椅取暖;明明有厕所,随地大小便,将花园一般的校园,搞成了露天厕所。为种种交涉,马克找到土匪"军长",向他提抗议,如此胡作非为,学校将向警备司令部提出报告,要求军队立即离开学校。

　　哎呀哎呀,大哥,说啥都行,不就是不让随地大小便吗,我立马集合队伍,谁他妈个巴子再随地大小便,我让他把拉出来的屎吃了。

　　69 军军长最怕学校给警备司令打报告,一打报告,拉上前线,当炮灰去吧。

　　经过几次交涉,马克和 69 军军长熟了。军长姓黄,天下被他打"黄"了,人称黄军长,本来蒋介石想让他死守锦州,一查战绩,土匪出身,没打过一次胜仗。吓唬老百姓一把好手,一听枪响就辨不清东南西北,抽大烟,喝酒,玩女人。就因为手下拉着上万土匪,蒋介石才收他进了正规军,封了军长。

　　从锦州退下来,路上跑了一半"弟兄",到了天津才剩下一个团的"兵"力,天津警备区想把他派上前线,顶两天炮灰,反正也不是亲兵。黄军长鬼,强调弟兄们一路转移辛苦,要先休整休整,如此才被安置进学校,不发饷,不发枪,等候命令。

我说大哥,你也睁一眼闭一眼,当兵懂得啥叫厕所呀,背过脸去撒尿,就是文明人啦,满地拉屎,不是人揍的。

走在路边,你还得找个草坑儿拉去呢,哪有拉在大院里的,这儿是大城市,又是大学,都是规矩人。

大哥,你放心,自明天起,你盯紧了,逮着随地拉屎的,你就将他按在屎堆儿上,传我的命令,让他舔了。

那也太不人道了。

不行,大哥,你不懂啥叫军纪,军纪是战斗力的根本保证,这话不是我说的,是老蒋说的。老蒋瞎了眼,派杜聿明守沈阳,还不如放个"熊包",他会打仗吗?我看见过他练枪,十枪,愣打出去十颗飞子儿,举起枪来,手就哆嗦,他搂钱行,沈阳银行的黄金都让他一个人独吞了。说俺们发财,天地良心,得一分钱,我不是人揍的。

喝酒!喂,我说,还有卖烧鸡的吗?

为了防止土匪败兵对学校造成太大的破坏,马克必须巴结黄军长,到底他发威,一个命令,谁再随地大便,就将大便抹进他嘴里,从此果然再没有人随地大小便了,破坏教室桌椅点火取暖的事,也没有了。

一天,马克外出,给黄军长带回来一只烧鸡。

黄军长感动得热泪盈眶。

兄弟，只有你还拿你哥当人看，谁还想着我黄某人如今还想吃点东西呀。只是，兄弟，哥眼下没钱，我记着你的恩情，几时收复锦州，这只鸡多重，我还你一只纯金老母鸡。妈个巴子，撤出锦州的时候什么也没带出来，连小娘们儿都给人家留下了。

吃吧，吃吧，天津这份烧鸡最有名，我们吃不起。

你巴结我干啥？完了，没指望了，收复锦州，痛快痛快嘴吧，老蒋的天下完了，没救了。喂，兄弟，你们学校有共产党没有，帮我传个话，进入阵地，我朝天开枪，行不？

吃吧。

那我就吃啦。

几口，两条鸡腿就被倒霉的黄军长啃光了。

啃光了烧鸡，黄军长才要睡下，突然一辆军用吉普开进学校，似是传达了什么命令，紧急集合，呼啦啦，拉着队伍出发了。

学校里空空荡荡。

马克想起，应该给孟老夫子送点煤去了。

外边没什么消息吧？

孟露小姐引马克将煤倒到后院，送马克回来的时候，小声向马克问着。

快了，你没听见炮声越来越近了吗？听说解放军已经到了杨柳青，天津已经被包围住了，连通塘沽的路都断了。

快了，快了，多小心吧。

孟露小姐关心地嘱咐马克。

给你，整夜在校园里转，太冷，孟老夫子说把这件皮袄给你。

说着，孟露小姐将一件皮袍披在马克背上。

我也成老夫子了。

马克执意不肯穿，怕有损革命者形象。

谢谢孟老夫子。

孟老夫子常说，马克可是好孩子。孟老夫子还问，马克不是共产党吧？

孟老夫子把我看得太重了。

说着，马克从南斋出来，又巡查各个地方去了。

隆隆隆，炮声越来越近了。

今天风静，远远地似是听到机关枪声音了。

马克高兴得热血沸腾，匆匆回到南斋，将孟露小姐唤出来。

你听，你听，机关枪的声音。

孟老夫子已经睡下了，孟露小姐引着马克坐在孟老夫子客厅里，两个人对面坐着，围着火炉烤手，外面时近时远的炮声、枪声在两个青年人的心里激起无限热情,看得出来,孟露小姐脸色一片红润,马克更是激动不已,连心跳的声音都怦怦作响。

马克同学,解放军进来,你要做的第一件事是什么?

自然是投身新时代了。推翻旧时代,我们也算是做了一点贡献,新时代来到,我们更要贡献出自己的一切。

只是,我还有一件事,要马克同学帮忙。

你要我帮忙?

是呀,马克同学应该知道,我虽然生在富裕家庭,但一心追求真理,相信唯无产者才有未来,相信中国最终一定要建设成为今天苏联那样的国家, 共产党带领全国人民推翻旧时代,带领全中国人民建新中国……

明白,明白。

这些道理不必对马克同学说了。

只是,进入新时代,马克同学要帮助我参加革命。

你要我帮助?

是呀,马克同学,时局到了今天,我们也就不必再相互隐瞒了,你看我替任敏姐姐传递信息,其实我不是他们的成员,他们自己不好公开活动,就利用我的身份。我出身大银行家庭,国民党三青团、中统、军统不会怀疑我追求革命,好几次,我转弯抹角地向任敏姐姐说起自己的伟大愿望,人家都故意跟我打岔。我早就看出来了，这学校里只有三期肺病、两条人命姐姐和你是真正的共产党。

哟，你可不要乱想。

你再和我捉迷藏，就对我太不相信了。时局到了今天，国民党天下马上就要崩溃了，连国民党三青团、军统特务们都不卖命了，我还能在这个时候出卖你吗？

唉，你别胡思乱想了，我就是一个来学校做工的杂役。

由你说吧，别总把别人当傻子，两条人命姐姐、三期肺病就把我当傻妞儿，他们两个人不直接联系，都是我在他们中间穿针引线，可是他们两个人从来不对我说一句真话，最后他们走了，也没对我说声再见。你来学校从来不利用我，什么事情都是自己出面，游行队伍里，你抢着和三期肺病撒传单；进了警察署，你宁死不屈逼得国民党不得不放你们出来；后来挖战壕，三期肺病只去了两次，整整一个多月，都是你去挖战壕，你又不缺那几个小工钱，我早看出，你们有任务，现在许人呆也走了，你又组织护校队，代表校方和土匪败兵接触，只有你不怕牺牲，勇敢无畏……

你快别说了，别说了，等着吧，快了快了，到时候你就明白了。

马克抹去额头上的汗珠，哧溜一下，从南斋跑出来了。

已经是后半夜了，校园里一片喊叫，刚才紧急集合出发的土匪们回来了，黑暗的灯影照出一个个狼狈相，个个疲惫不堪，像是刚干过重活，许多人披着棉衣，敞着怀，还呼哧呼哧地喘大气流汗。

妈个巴子，倒霉差事想起69军来了。

土匪们骂着，跑进住宿的教室，衣服也没脱，爬上课桌，呼呼地睡着了。

最后，一辆军用吉普车开进来，黄军长从吉普车上走了下来。

马队长，你还没睡呀。

黄军长称马克为马队长，他不是护校队大队长嘛。

看着黄军长一脸的兴奋神色，马克走过去和他搭讪。

有行动？

嘿，这群王八蛋，到底听了我的主意。别梦想反攻，扭转战局，解放军攻上来，那就和松花江发水一样，眼看着大水漫过来，你休想抵挡。和解放军作战，你就得先将他们放进来，天津那么多条大河，只要把桥炸断了，把他们切开，一小块一小块吃掉他们，再调出你的精锐，不怕打不胜反击战。

黄军长兴奋地说着，披着军大衣，回到他的房间去了。

黄军长无心地骂着，马克有心地听着，突然心中一惊，可能天津守军在防务上有了变化。

为了巴结黄军长，马克又买了一只烧鸡，还带上一瓶老白干。

我们天津高粱老酒最有名，不是酒厂出的，河东烧锅货。每天下午4点，不等烧锅出酒，桥头上就聚满了人。

我说哩。我把他们都撺开了，我隐蔽炮位，你们看什么，打仗了，桥头上稳几门炮，有什么好看的？刺探军事秘密，找死呀。

桥头上稳大炮？

马克暗自想着。

你不明白吧，你不懂军事，他天津警备司令，光知道修炮楼，护城河外一道防线，护城河一道防线，护城河后边还有一道防线。没用，八路军攻上来，就像松花江发水一样，眼看着漫过来。我说，你天津这么多条河，这么多座大桥，八路军攻进来，把桥炸断，把八路军切成小块，到时候你再拉出精锐部队，还愁消灭不了八路军，他在明处，咱在暗处，他是外地人，咱是老家……

圣明，圣明。

我圣明个屁，我一不是黄埔，二没进过保定陆军学校，我就是个老胡子。1945年老毛子出兵东北，打到海拉尔，几天时间消灭了关东军，大军拉进城里，晚上开会庆祝，老毛子喝酒跳舞，乐呀唱呀，正高兴，轰隆隆一片大炮，炮弹从四面八方飞进来，遍地开花，把上万老毛子和海拉尔百姓都"捂"在里边了。老毛子紧急撤退，集结坦克开进来，不分青红皂白，整个海拉尔一片碾压，一连七天，把整个海拉尔碾压成一块石板，这次，日本关东军哑巴了。多少年之后，一个放牛的小孩发现一个洞口，招呼人进去，地道，成千具骷髅，一具骷髅抱着一杆大枪，顶着一个钢盔，腰上挎着手榴弹，整整一个军，全"捂"里边了。懂吗？这叫埋伏。

佩服佩服，马克连声称赞。

兄弟，这些日子你关照我，我也没法报答，明天夜里你去跟我运一次炮弹，发你两个工钱。嘿，这回他们发给我钱了，妈个巴子，自打从锦州退下来，没见过钱，退到天津，他们不发枪，不发饷，瘪得弟兄连买烟的钱都没有，个个抽树叶子。这回听我的了，稳炮位，军事任务，报效党国，军人天职，运炮弹，力气活，白天不许送，天黑送，一个工给我四个大头儿。弟兄们乐了，黄大麻子有办法，嘿，你玩我，我玩你，若不，这天下怎么就玩完了呢？

听说黄大麻子要带他去送炮弹，马克当即答应，我去，我去。

可是有一条，你可不能泄露军事秘密。好在八路军把城围住，长出翅膀你也飞不出去。我担心有暗探。你是不知道，守锦州的时候，我们什么时候用兵，地堡在什么地方，军火库在什么地方,林彪那儿一清二楚。妈个巴子,我还想,你八路军到底有多少暗探,后来我才知道,不是八路军暗探,就是老百姓,个个老百姓都给八路军送情报,莫怪人家得胜呢。

入夜,黄大麻子扔给马克一身旧军装,马克跟着69军弟兄出发运炮弹去了。

没有大汽车,汽车都拉到前线去了,就是步行,不许喊叫,不许咳嗽,不许打喷嚏,怕惊动老百姓,走了两个多小时,到了河东,原来的日本仓库,没想到这里还藏着炮弹,一定是日本时期留下的,下地道,有好长好长的路,从地下仓库把炮弹背上来,再背着走出仓库大院,往一个个桥头上送,马克是"生脸儿",近地方弟兄们抢着去了,派他往最远的炮位送,往返两个多小时,累得直不起腰。

送一夜炮弹,马克看清楚了,天津几十座桥,每座桥的东侧,稳下了四门60大炮,每座炮位旁边,有一个炮弹库,已经堆放了百多枚炮弹,还继续往炮位上送炮弹,准备血拼一场,真要扭转战局了。

天明之前,集合回校。

马克顾不得休息,早早地就给南斋孟老夫子住房送去一筐煤。

你疯了,好不容易孟老夫子刚睡下,响了一夜大炮,孟老夫子时不时地往外看,喃喃自语,进来了,进来了,等到天明还没见动静,这才睡下。

有情报。

看着马克紧张的神色,孟露大吃一惊。

怎么,解放军放弃平津了?

你过来。

马克拉孟露到清静地方,将自己听黄大麻子说的,夜里运炮弹看见的,河边炮位的位置,详详细细地对孟露说了一遍。

哎呀。孟露也感到情况严重了。

要想办法把情报送出去。

可是,如何送呢?

人都走了,关系断了,两三天的时间解放军就要打进来了。

城市已经被包围,鸟儿也休想飞出去,我们也没有电台,又没有建立新的交通。

我们想办法。

晚上,马克又给孟老夫子送去一筐煤,感动得孟老夫子连连说:已经够烧到来年冬天了。

把炉火点旺些吧,今年冬天冷。

你是好孩子,我讲课的时候注意到你,你怎么只是旁听生呢？等解放军进来,嘘,小声点,等反攻胜利,我去找校方将你转为注册学生,你叫什么名字？

马克。

这名字好,有前程。克,任也,荷也,肩负重任也。克,胜也,无往而不克也,你知道殷墟甲骨“克”字怎么写吗？将对手抓牢,按着他的脑袋瓜子让他跪在地上,克也,克也。哈哈哈哈,克了克了。

马克本来姓齐,叫齐富成,两年前读了《资本论》,书没有读懂,先改了名字,为避欺师之嫌,比马克思少一个字,叫马克。

一旁收拾家务的孟露说着。

好,好,青年应该为国家未来寻求真理。只是,孟某人认为,马克思主义再伟大,也以能够改造中国社会方为实用,否则大家坐以论道,岂不又成了禅宗的一个门派？唉,当年去法国、日本寻求真理的同学,走前都找过我,只是那时我痴迷传统文化,认为真理都埋在老祖宗的墓穴里了,东方、西方,世界只有接受中国儒家文化才有未来,于是我和几个糊涂青年一起去殷墟旧址考古,最后挖掘出殷墟甲骨,如此大半生过去,到了今天才知道误人误己呀。

一颗炮弹呼啸着从孟老夫子屋顶上飞了过去,孟老夫子下意识地蹲下身子。孟露跑过去扶住孟老夫子,炮弹在远方爆炸。孟老夫子站起来，快了快了。

孟露对马克说，上楼把孟先生的床搬下来吧。说着，两个人走上楼，将孟老夫子的床、被子搬到楼下来了。

安顿好孟老夫子，孟露又和马克说起了刚才的事。

一定要千方百计将情报送出去，解放军总攻的日子不会太远了，国民党垂死挣扎，布下了陷阱，不能让解放军受到意外伤亡。

道理谁都明白，只是要想出妥善的办法。

有两个设想。

第一个设想，还是要去东马路费家胡同四号，任敏姐姐可能还没走，那里应该还是联络点，只要那里有人，即使见不到任敏姐姐，总比我们有办法。

太危险，万一任敏姐姐走了，院子空了，即使还有人看守，再贸然去联系，也会引人注意，再说，一旦那里被特务破坏，我们贸然去敲门，岂不自投罗网？

不要紧，我想好了，你和我一起去，到了东马路费家胡同四号，你找个地方隐蔽，远远地等我，我过去敲门，只说是问路，只说我们是逃难来的昌黎人，找东马路斗店大街，就是那里被特务注意了，也不会有什么危险。

如果这个办法失败呢？

第二个办法，那就危险了。只能你一个人去冒险，闯封锁线,听说前线的士兵已经换不下来了,在碉堡战壕里守了四十天,穷苦市民们冒险去战壕做生意卖些香烟。你知道卖什么最赚钱吗?破衣服,国民党士兵知道守不住了,人人身边都收着两件百姓衣服,等着一旦败下来,穿着百姓衣服逃跑。

马克费尽心力,再也想不出更好的办法了。

6

多少年后,同学重新聚首,马克向我说起那天早晨孟露小姐离别南斋孟老夫子住房的感人情景。

唉,什么重新聚首呀。你们以为当年倜傥少年重新聚首,一定欢欢喜喜,大家济济一堂,在五星级大饭店里,餐桌上摆着龙虾、乳猪,杯盏触晃,大家唱歌起舞,席间有人咏诗,有人忆旧,大厅里一片欢声笑语,大家一起为自己美丽如诗的青春岁月感动得老泪纵横。

昔日风流同窗重新聚首,只有两个人,一个人是在下,摘帽右派,第二个是逃亡地主齐富成。两条人命姐姐出国前,通过特殊关系,将马克从昌黎老家要出来,安置在天津第二商业局属下的副食品公司食堂当上了一名帮厨,每天早晨,将大萝卜切成块,将白菜切成段,放进锅里,抓一把盐,烧成8分钱一份的丙菜,加两块豆腐,乙菜,1角,有肉片,甲菜,1角5。与此同时,林希刚刚改造好,摘了右派帽,才安置进天津第一机械工业局下属的一家工厂做勤杂工,打扫车间,早晨扫一遍厕所,女厕所必须在早晨 6 点以前打扫完。

怎么这么惨?

众所周知吧。

别的人呢?当年学校正牌共产党地下党员三期肺病同志,解放后南下,一路披荆斩棘,所向披靡,打到十万大山,带着人进山开展工作,从此再没有出来,整整一个工作组,活不见人、死不见尸,全光荣了。

和三期肺病保持单线联系的上级领导——两条人命姐姐情况最好,派到国外当大使去了。大家不服,怎么把这样一位其貌不扬的女士派去做大使,孟露小姐若是活到1949年后,才是驻外大使的最好人选。唉,命运捉弄中国呀,美女牺牲了,两条人命当大使了,和帝国主义打交道,美女是没有威慑力的。

马克告诉林希说,按照孟露的安排,前一天晚上马克剃了光头,孟露看了,说是绝对乡巴佬,第二天又穿上孟老夫子的中式棉衣。孟老夫子多年习惯,不着西装,不穿中山装,就是中式衣服,正好有一件旧棉袍,马克穿上活赛是个乡巴佬小商人。

孟露也一派农村妇女打扮,头发拢到脑袋后面,盘成大盘头,穿一件蓝布中式大袄,一双布底鞋,走起路来,果然农村姑娘。

马克说，离开南斋那天，孟露似是有了什么预感，她为孟老夫子准备好了晚饭，还将洗过的衣服放在孟老夫子床头，走时再三嘱咐孟老夫子别忘了睡前服药，暖瓶里还注满了开水。然后孟露拾起一个大包袱，是农村大炕单子裹着的一个大包袱，背在背上，绝对是一位避难的外乡人。走出南斋孟老夫子住房，孟露还回头望了望。要不是马克催着出发，她还不知道要看到什么时候。

市里已经一片狼藉，街上的商号都关门了，马路上，骡车拉着大炮往郊外走，宪兵们在大街上搜查行人，吉普车嗷嗷叫着跑来跑去，穷苦市民东一堆、西一伙等着买粮食，更有的大楼被炮弹击中，楼上的窗子耷拉着，在风中摇晃。

路过中原公司，中原公司对面的中正书局被炮弹炸平了，据说那里是国民党守军的总指挥部，也没有人清理现场。炮弹还嗷嗷地在头上掠过去。大街上一片凄惨。

终于走到东马路，马克后悔地回忆说，怎么一路就没有说话，两个人无声地走着，明明就是要早一步走到如此的结局。孟露背着大包袱，牵了一下马克的手，马克感觉到孟露的手在颤抖，似是过分紧张，马克用力地握了一下孟露的手，孟露将手抽出来，又匆匆向前赶上去。

远远地看见了东马路费家胡同四号大院。

马克说,他不是没有准备,他陪着孟露从东马路费家胡同四号门外走了一遍,没有什么变化,还是两扇紧闭的大门。马克后来万分悔恨,当时怎么就那么心慌,不会没有迹象的,1949年后他去过东马路费家胡同四号,大门上多出了一个小洞,明明就是特务们观察外面动静的小洞。

马克陪着孟露从东马路费家胡同四号大院外面走回来,走到大街拐角处,孟露暗示马克在这里等自己,然后……

然后?

马克说,你就不必问了,我知道你对孟露的感情,尽管孟露暗中对我说过,林希是个小无赖,从来对你没什么好感,但你对孟露那点意思,同学们都是知道的。后来的事情,你就别问了,太惨了。

在林希再三追问下,马克还是简单地说出了当天的情况。

孟露离开马克,慢慢地向东马路费家胡同四号大院走过去,马克看见了,她走得十分小心,就像是蹚地雷区赛的,慢慢地走近了东马路费家胡同四号大院。孟露没有迈台阶,只远远地站在台阶下边,冲着大院里面喊话。

大爷、大娘,俺问个路,东马路斗店胡同在哪里?

马克说,听见孟露的喊话声,马克更紧张地向孟露看过去,大院里没有反应,孟露也许还想问一句,但是,突然大院里伸出一条胳膊。孟露一看情况不对,转回身来就往回跑,已经来不及了,大院里闯出几个凶汉,喊叫着"站住站住"追了出来。

站住,站住。开枪啦。

"叭"地一声,追赶的凶汉抢起手枪从后面开了枪。

孟露喊了一声,身子向后挺了一下,应声倒在血泊里。

俺们是问路的,你们凭什么开枪打人?

马克一步抢过去,从血泊里扶起孟露,抬头看了看开枪的特务,疯狂地问着。

哪里来的?特务踢了马克一脚,恶狠狠地问着。

昌黎。

放屁,早就不通火车了。

俺们是早来的,一直没有找到亲戚。

哥,咱们走吧,家里娘还等着呢。

受伤的孟露,强忍着疼痛,无力地向马克说着。

你们凭什么开枪?

马克悲痛万分,向追上来的特务喊着。

没打死你,便宜你了。

俺们就是问个路。孟露努力争辩。

走吧,孩子,这儿不是讲理的地方。

闻声跑过来观望的市民劝说着。

马克无奈,扶起孟露,再将孟露背好。围观的好心人给马克指路。

正好一辆胶皮车跑过来,将孟露放到车上,车夫拉起车来,飞快从东马路跑出来。

兄弟,这是个是非地方呀。我在这儿拉车多少年了,原来是隆记洋行任家的老宅,任家大小姐出嫁两年丈夫死了,娘家把闺女接回来,一直住在这处宅院里,安安静静,前几天,不知怎么的闯来宪兵队,也没从院里拉出人来,只是里面情形变了,一个要饭的老女人抱着孩子敲门,一枪打出来,把要饭的女人打死了。哎呀,造孽呀。

拉车的人夫匆匆跑着,向追在后面的马克说着。

马克明白,任敏姐姐走了,东马路费家胡同四号大院被敌人发现,占据大院等着抓人。

往河沿走,到东门外水阁医院,教会医院。别处都关门了。

车夫拉着孟露,马克追在后面,很快到了医院。

战火纷飞中,这家教会医院还收病人,也没要马克交保证金,也没要门槛费,教会医院也不知道门槛费,也不怕看过病不付钱,医生护士也没要红包,也没挂号,傻瓜教会医院就知道生命最神圣,将孟露抬进手术室,医生跑来,也不问为什么受了枪伤,是被国民党开枪打着的共产党员,还是被共产党开枪打着的国民党员,注射麻醉药,开始手术。

骨头断了。

回去吧,再晚就要戒严了。手术中的孟露对马克说。

放心吧,我们会照顾夫人的。你幸运,有这样好的太太,自己伤了腿,还惦记婆母,快回家照顾母亲去吧,愿圣母保佑你的母亲。医院嬷嬷对马克说。

孟露腿部被枪弹射穿,打断了骨头,医生做手术,半身麻醉,手术做完,已经到了晚上7点多钟,医院护士劝说马克离开,再不走,市区就要戒严了。

孟露还没有解除麻醉,身子不能动,看着马克不肯离开的神色,孟露尽力劝解。

走吧,再不走,就不能回校了。

我怎么能够把你一个人留在这里呢?

只能留下了,再有一个小时市区戒严,你也不能回去了,市区里电车也停了,带上我,更引人注意,只能你一个人回去了。

这里是妇科医院,宪兵队从来没搜查过。

医院护士向马克说着。

马克看医院安置好了孟露,在孟露再三催促下,只得离开医院。

走出医院时,嬷嬷们还祈祷圣母保佑马克的母亲。

谢谢你们一片好心。

走出医院,只听一阵啸声,几颗炮弹向河对岸飞过去,轰的一片巨响,炮弹落到河对岸,河边的市民四处逃散,大声喊着,八路军炸桥了,八路军炸桥了。

听着民众的喊声,马克突然一愣,马克虽然不懂军事,但对于发动总攻的军队来说,未占领城市先将市内的桥梁炸断,觉得不合情理。看着河边升起的滚滚黑烟,马克心中突然一亮,莫非解放军已经掌握国民党守军在河边布置炮位的情报?庆幸,庆幸,我们知道的情报,解放军早就掌握了。

马克忙着跑过桥去,查看炮弹落地的情况,桥下,一片弹坑,绝对是对着桥边的炮位来的,但是没有击中炮位,方向反了,炮位在桥东侧,炮弹落到桥西侧去了。

走在回学校的路上,马克心想,也许不必冒生命危险送情报了,解放军的炮弹不是无缘无故落在桥头的,但愿解放军已经掌握了发生变化的军情,只要校正一下炮位,炮弹向东移几百米,就把炮位"端"了。

回到学校,天色已经黑了,马克先去南斋看望孟老夫子。孟老夫子看见马克一个人回来,脸上一片紧张神色,一步抢过来,拉住马克的胳膊,声音颤抖着,着急地向马克问:

小孟呢？

她住到亲戚家去了，嘱咐我回来照顾您。

不对，她在天津没有亲戚，你要告诉我，她到哪里去了？

她没回来，路上遇见一位老同学，两个人越说越热乎……

马克不会说谎，说得结结巴巴。

你骗我，你骗我。孟老夫子脸色苍白，他意识到孟露遇到不幸了。

我一眼就看出来，你们今天匆匆出去一定有急事。我了解小孟，她有背景，这几年在我身边，我早就发现她负有特殊使命，她有抱负，有理想，在我身边做助手，但对做学问似是没有天赋，她已经不再年轻，对于自己的生活一点也不顾及，我知道，她和经济所的许人呆有来往，好像也没有太深的感情，人呆时常到我这里来，讨论禅学，我对他讲禅，他听着也不认真，听着我的讲解，他会突然向孟露看一眼，孟露也心领神会，似是有什么默契。孟露这孩子心地善良，意志坚强，她一定负有神圣使命，孟露将来必是一个对国家民族能够做出贡献的奇女子。

孟老夫子说着，热泪不禁涌出来。

你要告诉我，孟露到底为什么没有回来？

孟老师，您放心吧，孟露就是遇见一位老同学，在外面住几天,她就回来了。

马克很是说了一遍好话,这才安抚得孟老夫子睡下。

已经是黎明时分了。

倒在床上,马克合不上眼,翻来覆去地想着明天的行动计划,如何混过封锁线,过了护城河,到了前沿阵地,扮作做生意的市民,下到战壕,卖香烟,卖旧衣服,价钱不能要得太低,价钱低了,国民党兵会怀疑你有什么目的,避开监视,找个地方从战壕跳出去,向对面跑,跑不了多远,一定会遇到解放军,只要遇到解放军,使命就完成了。

马克又是老毛病,充满幻想,把事情想得非常美丽。

天终于放亮了,马克匆匆吃过东西,吃的不少,不知道事情顺利不顺利,出现意外,也许中午就没有饭吃了,事情顺利,中午就吃革命战士第一顿饭了。

从孟老夫子的南斋外走过,听见孟老夫子重重的咳嗽声,匆匆漫过去,怕孟老夫子拉住自己追问孟露的事。好歹收拾了一个包袱,背好,像做生意的模样,口袋里揣几个钱,路上买些香烟,还准备了些零钱,路上买通封锁线。

匆匆走出学校,没有向护城河方向走,心里惦念孟露,拐个弯儿,直奔水阁医院。远远地看见水阁医院,心里怦怦跳,见到孟露说什么,告诉她一切都准备妥当,天津解放再见吧,我会跟随大军尽快进城的,进城后的第一件事,就是来医院接你,把你送到解放军医院,那里一定比这里条件好。

耽误时间不能太久,要握手,握手要用力,不必多说话,嘱咐孟露好好休息,不要管外面的事情,最迟再有两三天,解放军就攻进来了,你不必跑出去迎接解放军,身体重要,爱护身体,我们还有更重要的使命。

想着,走着,走进水阁医院,远远地觉着不对劲,院里一片狼藉,墙上留着弹伤,看着似是发生过恶性事件,再往里面走,昨天见过的嬷嬷明明看见马克走了过来,却急忙转身躲开了,马克紧走一步,想拦住一位嬷嬷,询问昨天夜里孟露的情况,嬷嬷还是匆匆跑开了。

马克一步跑进病房,病房里空荡荡,病床上没有人,床单平平地铺着,一个病人也没有。

马克转回身来,想找位娘嬷嬷询问,病房里没有人。

孩子。

一双暖暖的手掌从背后握着马克的肩膀,一位女性暖暖的声音在马克耳际呼唤。

孩子,你要坚强,命运安排不可逃避的灾难,上帝给你力量帮助你变得坚强。

你说什么?

马克猛然转回身来, 才看见在背后握他肩膀的是一位老嬷嬷。

老嬷嬷穿着黑色长裙,头上戴着白色修女帽,老嬷嬷脸上充满着善良,目光中更充满着温暖。

孩子,祈祷她的灵魂升上天堂吧。

老嬷嬷眼中涌出泪花,将马克拥抱得更紧。

昨天夜里,一帮宪兵突然闯进医院,他们扬言搜查一个腿上负伤的女子,聪明的玛利亚嬷嬷一步跑进病室,从病床上拉起年轻夫人就往后院跑。后院有一个大地窖,冬天收藏着盆花,夫人似是也明白发生了什么事情,不出声地跟着玛利亚嬷嬷向后院跑,只是她们一个腿上有伤,一位也太胖,跑得很慢很慢,她们刚刚钻进地下室,宪兵们也追到了地下室,虽然他们什么也没有看见,一群人还是向地下室开枪,打了好长好长时间,地下室所有的玻璃都被打碎了,最后还往里面扔了几颗手雷,听着地下室没有一点声音,那群魔鬼才离开医院。你去看看吧,夫人和玛利亚嬷嬷睡得非常安静,她们紧紧地拥抱在一起,在她们离开人世的时候,她们相互呵护,得到了圣母的爱。

说着,老嬷嬷哭出了声音。

圣母呀,宽恕那些恶人吧。

地下室很冷很冷,马克说,不要惊动她们,三天之后,我会回来,以最隆重的方式悼念我的朋友。

7

干什么的？

最近一道封锁线，在护城河内一公里的地方，要过岗哨。

盘查的大兵极是凶恶，刺刀逼着马克的胸膛。

做生意，挣点小钱。

查查。

马克打开包袱。

盘查的大兵将一条香烟塞进自己的衣服。

快点回来，下晌就不放行了。

走过第一道封锁线，二里地的距离是护城河，护城河上没有岗哨，河面上结着冰。

马克小心地走过河面，护城河不宽，没多少时间就走到对岸来了，站到堤岸上，看见前面的战壕，弯弯曲曲，绵延而去，看不清战壕里的大兵，只觉得战壕上滚着一片雾尘，下面似有活动。偶尔从对面传来枪声，是三八式大枪的枪声，解放军已经不远了,三八式大枪有效射程最多也就是四五百米,只要跳出前沿阵地,一口气,就可以跑到解放军阵地。

河堤上蹲着两个人,也是去做生意的市民,等着马克走过来一起搭伴儿向前沿阵地走,眼看着马克走过来了,蹲在河堤下的一个人向马克问:今天什么货?

烟。

就是烟卖得快,价钱也好,红锡包,城里一千块一包,下了战壕,一万一包。

一万一包,卖的是良心价,脑袋瓜子别裤带上进战壕做生意,求着有个人卖吧。

这帮王八蛋,昨天白玩儿了一天,货卖光了,出战壕时一个七斤半搜查,我知道他是要"亮儿",塞给他一包大前门,没想到这小子胃口大,一下就把我卖货的钱全端了,娘的,我还没说话,一枪托子把我搞上战壕,再回头,他刺刀逼上来了。

七斤半,是天津人对当兵的戏称,一杆三八式大枪重七斤半,当兵,扛着七斤半。大兵,也就是"七斤半"了。

三个人搭伴向前走着,马克心里盘算下到战壕后如何窥测时机跳上战壕向对面跑,眼看着前面就是战壕了,其中一个人提醒今天要当心别再被七斤半"洗"了,早早看个机会就出来。马克没有心思听这些,一双眼睛只向前看着。

站住！

突然一声大喊，几个人停住脚步，正想看看是从哪里传来的喊声，只看见地面上，一把刺刀从掩体里探上来，掩体里一个"七斤半"，恶狠狠地向路上的三个人喊着。

做生意的。

不让过。

卖点东西就回来，弟兄们也要买烟呀。

小贩强作笑脸，讨好地向"七斤半"求情。

今天不许过，从早晨就开始强攻了，全线戒严。

我们就是卖点货。

回去，回去。我开枪啦！

"七斤半"喊得更凶了。

三个人没办法，只好转身向回走。

把东西留下，算你们劳军，打完仗，双倍给你们送大头去。

放下，放下，我开枪啦。

认倒霉，三个人不情愿地放下背上的包袱，更是不情愿地向回走着。

一切计划全落空了，马克懊恼地走在后面，自己总是把事情想得那样顺利，越过战壕，想得多容易呀，你连战壕都下不去，你还想找个机会从战壕里蹿上来，往对面跑？

太浪漫了。

垂头丧气,马克跟在后面走过了护城河,一步步又走过护城河后面的碉堡群,马克心里万分焦急,情报送不出去,解放军就要遭受重大损失,即使攻进城市,也一定全遭遇埋伏,说不定还要被国民党守军再从城里反攻出来。

只是,没有办法越过封锁线。

从战壕冲过去的设想落空了,要回去另想办法。

孟露,我失败了,对不起你,你英勇地献出了年轻的生命,我没有完成你没有完成的使命,我对不起你。

"呼啦"一下,马克觉得走在他身边的那两个小贩突然跑开了,似是遇见意外情况。那两个小贩拼命跑着,还回头向马克大喊:傻小子,你还不跑!

跑什么?马克正犹豫,还没容他看清楚发生了什么意外,突然一条小绳飞过来将马克套住了。

就像是城里打狗队套流浪狗,还没容挣扎,绳套已经将你套牢,再抬头,不远处一个人正用力拉着绳子,将马克往那边拉。

前面,一个大帐篷,帐篷顶上画着红色十字。

战地医院。

战地医院拉人做什么?马克被小绳套着,拉进了帐篷,帐篷里面,地上蹲着几十个人,蓬头垢面,都是穷苦市民,胳膊都被小绳套着,无精打采,似是等着发落。

拉我做什么?马克向一个管事的人争辩。

蹲下,一杆大枪抡起来,枪托子重重地捣在马克背上。

再恣歪,毙了你。

管事的人向马克喊着。

无奈,马克只能蹲下,和原来那些人挤在一起。

兄弟,别问了,认倒霉吧。

旁边一个市民劝说。

他们干什么?

还能是好差事吗?你看。

说着,那位市民伸过胳膊,胳膊上一个白布箍,上面印着醒目的红十字。

抽血?

到时候你就知道了。

担架队,前边吃紧,抓人去前沿战壕抬担架,两个人一副担架,已经凑够数了,发现溜了一个,临时上街,就让你赶上了,也不白干,一夜五块大洋。

蹲在这儿干吗?

天还没黑呀,天一黑,就往前沿拉,八路军总是天亮前发动进攻。

马克安静下来了,天意了,全天津老百姓可能只有马克一个人想着下战壕,偏偏就将马克抓来了,等着吧,名正言顺,比做小生意还可靠,天黑下来,担架队下战壕,打起仗来,往外背伤兵。

管事的走过来。

干什么的?

刻字铺的。

出来干什么?

买山芋。

算你走运,明天天明发你五块大头,下战壕背人,十个大头。别想溜号,溜号按逃兵处置,就地正法。

蹲了大半天,眼看着天黑下来了。一人发一个馒头,啃了,喝了水,又点了一下人数,成双。两个人一副担架。

起立。

抓阄儿。

怎么还抓阄儿?

抓着黑阄儿的,下战壕,没抓着黑阄,战壕下边等着,等战壕里伤兵背上来,两人一副担架往后边送。

抓。

一伸手,打开,白阄,马克不下战壕,留在战壕下边,等着抬担架。

兄弟,行行好,我抓的黑阄儿,我害怕,一听枪响,就尿裤。

一个瘦瘦的市民向人们求情。

没有人理他。

兄弟,行行好,你还能挣十块大头呢。

穷苦市民凑到马克身边。马克小声地回答,你别声张,把黑闸儿给我,明天发钱的时候,你可别后悔。

谢谢兄弟,谢谢兄弟了。我家住在北门外,打完仗,你找我去喝酒。谢谢兄弟。

一队人出发了,胳膊上的小绳套得更牢,走过碉堡群,走过护城河,没有人盘查,一直走到前沿战壕。

抓着黑闸儿的过来。

马克举着黑闸儿走了过去。

还差一个,都亮出来,别想蒙混过关。

终于拉出来一个。

有话在先,下到战壕,别四处乱跑,只等着开火。别向对面张望,别直腰、露出脑袋瓜子,当心飞子儿。开火之后,出现荣军(他们不说伤兵),从战壕背上来,注意,别辨错了方向,昨天一个胆小鬼,背着伤员就往上面跳,一阵炮弹,吓破了胆,跑错了方向,跑到对面土坡上去了,正想回身,旁边督战队,一枪,撂倒了,可怜,他儿子有病,还等他十块大洋买药呢。说清楚了,到时候别怪枪子儿没眼不认人。

马克听着,全明白了。

天黑了,战场上没有一丝声音,紧张得让人喘不过气来,马克抬头看看天空,满天的星星,心想,三期肺病和两条人命姐姐也许正看着星星,他们的心情是什么样呢?他们一定在想,再有几天他们就要回来,尽快回到学校,寻找自己,寻找孟露,三期肺病和两条人命姐姐得知孟露牺牲的消息之后,一定会抱头痛哭,大家互相安慰。

默立在孟露的墓地前,三个人心间涌动着悲壮的诗句:

> 掩埋下战友的尸体,
>
> 拭干泪水,此时已是拂晓,
>
> 我们出发,
>
> 战争在召唤我们。

马克的眼睛湿润了。

天空,荧荧的星光闪烁。

轰,轰。

一阵剧烈的震动,将马克震醒,支棱一下挺直了身子,睁开眼睛,马克发现自己不知什么时候睡着了。

第一个强烈印象,烟尘爆起,呛得人喘不上气,什么也看不见，一切一切都被爆起的浓烟、尘土笼罩在一片昏暗中，炮弹落到战壕中了。自己怎么睡着了呢？努力回忆，天将黑时下到战壕，解放军没有动静，没有枪声，只听见寒风飕飕地呼叫，"七斤半"们个个抱着大枪倚坐在战壕里，半躺着打盹儿，自己等呀等呀，没有跳上战壕的机会，碉堡里伸出大枪，严密监视每一个人，等着等着，眼皮沉重地垂下来，努力挣扎，不能打盹儿，可还是睡着了。

烟雾久久不散，战壕里的"七斤半"们还睡着，一个个迷迷糊糊抱着大枪，马克努力越过战壕向对方注视，没有看见八路军，只看见天上炮弹飞着，远处枪声越发紧密。

哎呀，太遗憾了，如果刚才醒着，炮弹落在战壕里，爆起一团烟雾，正好跳上战壕向对面跑去，就是被督战队发现，他也瞄不准，只要几分钟就跑出了大枪射程，解放军前沿就在不到几百米的前方，唉，自己怎么就睡着了呢？

马克抖起精神，等着第二颗炮弹飞过来，解放军不可能只打一炮，只能一炮一炮地校正落点，一定还会打过来炮弹。

刚听到炮弹飞过来的声音，马克突然跃起身子，手扶着战壕沿儿，纵身一跳，跳上了战壕，方向没错，他担心一时紧张看错了方向，前面没有一棵树，没有建筑，早早地把一切掩体都伐光了，一下一下，前方闪出刺眼的光亮，是炮位在打炮,没错,放开双腿向前跑,轰,一颗炮弹在马克身后炸开了,又是一团浓浓的硝烟,一团浓浓的黄土尘暴。跑,跑,背后打过来子弹。

站住,站住。

督战队发现有人跳上了战壕。

又是民夫吓破了胆,在炮弹爆炸声中逃命,辨错了方向。

哒哒哒,密集的子弹沿着地面飞过来,在马克双腿间画出一条一条鲜红鲜红的光线。

跑,跑,马克以跑百米的神速向前奔跑。

哒哒哒。

督战队看出不是辨错方向的民夫,是一个逃兵。哒哒哒。

马克咬紧牙关,已经跑出不短时间了,怎么还没有看见解放军的阵地?

跑,跑,跑。

几次,地面上什么东西绊着脚步,马克身子晃了晃,没有跌倒,使足力气,向前跑。

哒哒哒,枪声更加密集,子弹嗖嗖地从双腿间穿过去。

跑,跑,跑。

突然双腿一阵沉重,马克身子剧烈地晃了一下,随着一阵密集的枪声,马克身子向前扑过去,跌倒在地面上。

解放军战士,解放军战士。

马克没有喊出声音,突然一阵昏迷涌上来,马克失去了知觉。

老乡,老乡。

温暖的呼唤声中,马克微微地苏醒过来。

感觉是在房里,没有风声,一点微微的温度,有亮光,但不是电灯,昏黄的光亮,摇摇曳曳,用力睁开沉重的眼睑,眼前几个人影晃动,看不清楚面孔,低头关注地看着自己。

老乡,欢迎你投奔光明,我们是中国人民解放军,你解放了。

解放军?

马克问着,突然想起刚才发生的事情,挣扎着要坐起来。

老乡,不要动,正在为你包扎伤口,你伤得很重,双腿都被打伤了,国民党反动派垂死挣扎,他们灭亡的时刻到了。

我,我,我有重要情报。

马克想起自己为什么要跳上战壕。

我找解放军指挥领导,重要情报,紧急情报,你们一定要立即帮助我联系指挥部,我是南苑大学的学生,你们知道马克思吗？我叫马克,比马克思少一个字。我不是投奔解放军的国民党兵,我是,我是共产党,还不是共产党,已经谈话,进城之后,就履行手续,紧急情报,帮助我联系,一分钟也不能耽误,紧急,紧急。

屋子外面,一定有电话机,马克听见有人大声呼叫。

南苑大学,来了一位马克思,有重要情报,重要情报。

室内,医生安慰马克,安静安静,很快就包扎好了,放心,我们的尖刀部队已经杀进去了。

很快,听见有人说:指挥所来人了,指挥所来人了。

一阵冷气袭来,一群人围到马克身边。

老乡,你有什么情报?

马克!

一个熟悉的声音从人群背后传过来。

马克强半坐起身体。

三期肺病。

不严肃,许人呆。

许人呆走近过来,紧紧地握住马克的手。

马克哭了。

沿着河边,每座桥梁下面,都埋伏下炮位。

知道,知道,我们已经得到情报。

只是,你们的角度算错了,是在桥的东侧,我看过了,炮弹落在西侧,以桥中心为起点,45 度角,向东 200 米,快快去校正角度,大军一进了城,就危险了。

报告,报告。

许人呆跑出去呼叫电话。

洞洞拐拐,勾两两两。

一番密码,许人呆向指挥所报告情况。

又有新的伤员送进来,人们将马克从临时手术台上抬下来。

走吧。到指挥所去,那里有床位,可以休息。马克同志,感谢你,革命感谢你。

人们扶着马克登上军用吉普,车子开起来,颠颠簸簸,马克开始感到疼痛,不想说话,歪在许人呆的肩上微微地眯着眼睛,许人呆故意不让马克睡,因为睡着了危险,许人呆小声地在他耳际说话。

学校没事吧?

成立了护校队。

六教授情绪稳定吧?

六教授表现很好,在全市知识界产生极大影响。

当时将你留下,是组织对你最大的信任。

知道,知道。

孟老夫子呢?

我们安排好了他的生活,现在住在地下室里,非常安全。

革命需要孟老夫子。

你出来就参军了?马克向三期肺病问着。

前线用人呀,急需知识分子。

我也参军。

会的,会有安排的。

你最后一个人出来的?

最后,最后。

孟露呢?

马克突然抬起头,睁圆了一双眼睛看着许人呆。

孟露呢?许人呆问着。

马克低下了头。

我问你,孟露呢?

我对不起她,那天夜里我不该将她留在医院里。

你说什么呀,我问你,孟露呢?

她,她牺牲了。

汽车猛烈地颠簸了一下,"嘎"地一声停下。

成千上万的后续部队冲过来,向着城市冲过去。

胜利了,杀进去了,天津解放了。

许人呆跳下汽车,仰天大喊了一声,向着正在向前冲跑

的战士,大声喊叫:

同志们,前进,前进,消灭反动派,解放全中国。

消灭反动派,解放全中国。

许人呆的喊声压下远处的炮声,枪声在夜空中震响。

同志们,前进!

前进!

冲呀!

第二天早晨,随军进城。

许人呆,两条人命姐姐,马克,还有小无赖林希回到学校。学校完好,丝毫无损,孟老夫子带领全校师生欢迎解放军进城,很快,组织庆祝天津解放群众大会,同学们重新聚首,自是一片喜庆气氛。

战争远没有结束,很快,大家各奔前程。

如诗的岁月终结了。大家面对的是粮食,运输,疾病,城市改造,剿匪,清查暗藏特务,开始建设,安排就业,思想改造,土地改革,组织开工,发展生产……

需要说明的是,追求革命的马克不幸成了逃亡地主。

1952 年,马克已经是领导干部了,一天办公室通知说,昌黎老家来人外调,马克叼着香烟来到客厅,迎面站过来一个人,仔细辨认,认识,当年昌黎第二师范学校的同学,那个半夜唤醒马克救他逃跑的女学生。

哎呀，一时想不起你的名字来了。

不用想了，你看这是什么？

来人打开公文包，取出一份文契。

昌黎城外什么什么地方，良田四十亩，田地主人：齐富成。

是你吗？

是，我原来的名字叫齐富成，参加革命后改名叫马克。

好了，跟我们回昌黎吧。

岂有此理，我要向市委报告。

不用报告了，我们已经向你们市委报告过了。

说罢，一份红头文件展开在马克面前，《关于马克同志立即回乡参加土改运动的通知》。

唉，马克同志跟着他少年时代青梅竹马的好朋友孙惠兰回昌黎去了。

"文革"结束之初有一段时间，因为同在一个城市里，林希每逢农场放假，就进城找老朋友马克聊天。

林希一肚子怨气，革命多少年，居然右派了，不服气。

马克尽管当了多少年的"逃亡地主"，却极达观，他对林希说："林希老弟，咱们当年搞学运，从来没想过革命胜利后给我安排什么工作,什么级别,享受什么待遇,工资多少,坐什么汽车,住什么房,吸什么烟,喝什么酒,出差住什么宾馆,出国坐什么舱,下飞机什么人来接,再等而下之,包什么工程,拿多少回扣……"

"得了得了,你别说了,若是想过那些,你早回家当你那四十亩良田的地主去了。"

"这不就对了吗, 当年我们热血沸腾地追随共产党,追求光明,难道不是自觉自愿无怨无悔的吗?共产党推翻了一个统治中国长达几千年的黑暗旧社会,建立了新中国,我们亲身参与了这一伟大的历史进程, 我们的青春因此而拥有了如此美丽如诗的岁月,难道不值得吗?"

林希被他的话震动了,老马克什么时候变成诗人了,他的话铿锵有力,一点儿不减当年,的确,如诗的岁月是能够把一个人变成诗人的。

说这番话时,林希看见他的眼里有闪闪泪光,而林希的眼睛也模糊了。

"服了,服了,马克同志,你哪里是三分之二,你是百分之百呀。"

"三分之二就好,三七开嘛。"

哈哈。

作者附志:

小说情节纯属虚构,祈方家切勿考据索隐,昔日同窗好友,更不可据此申请离休待遇,切切。

寒儒 林希叩拜,再拜,三拜

金　汤

1

1949 年 1 月 15 日,天津解放,随之春节,庆祝天津解放群众大会,没过多久,学校复课,经历过一场战争,同学们重新聚首,欢天喜地中开始了新的生活。

新学习生活的第一特点,设立了政治课,社会发展史,一位解放区来的老师,给学生讲猴子变人的真理,听得学生们哧哧地笑。同学中有基督徒,好像教堂嘱咐了教徒,不要和新政权对立,老师讲猴子变人,他们也不捣乱,只是他们在回答老师提问的时候,比我们多说一句:"老师说,人是猴子变的。"以表示他们对上帝造人的坚信不疑。

到底人是不是猴子变的,并不重要,重要的是,一场战争,同学中没人受到伤害,用个淘气词,大家全须全尾,又都活着回来了,万幸万幸。

当然,也有例外,班上学习成绩最好的洪必胜,没有回来,同学们担心他出了意外,譬如碰上"飞子儿"了,被炮弹皮子"扫"上了,都是没准儿的事,一场攻城战打了四十天,能不死个人吗?

也有的同学说,洪必胜没事,还记得洪必胜曾经被训育主任看作职业学生的事吗?被训育主任说成是职业学生,就会有生命危险。高年级学生自动组织读书班,读解放区过来的禁书。一次训育主任在读书班正在组织活动的时候,闯进读书班,当场抓到几个同学正在读《论联合政府》,当晚,这几个同学就被送走了,再没有回来,有人说,可能装麻袋扔大河里了。

国民党政权完蛋之前,做下的缺德事太多了。

洪必胜隐蔽得深,训育主任怀疑他是职业学生,可是抓不着把柄,怀疑是怀疑,没有证据也不能随便抓人。洪必胜不鼓动事端,人家就是学习成绩好,参加文娱活动,是威尼斯合唱团的男高音。你瞧瞧,人家洪必胜多狡猾吧,组织合唱团,唱激进歌曲,偏偏起了个名字叫威尼斯合唱团,训育主任干着急,没办法。

洪必胜的事不提了吧,只要他活着,迟早他会回来的,已经高三年级了,再有半年就考大学了,高中毕业的文凭他不能放弃,你知道训育主任卖文凭多少钱一张吗?同学们没有不知道的,八万块,若不,训育主任的绰号怎么就叫"八万先生"呢。

还有一位同学没回校,余小铃,我们学校的校花,也是我憋着劲儿梦想有朝一日劫持或者是施暴的美女学生,只是下不了手呀,余小铃的老爸是军方将领,每天早晨都是军用吉普车送到学校来。下午,早早的,军用吉普就停在学校门口,余小铃同学一出校门,勤务兵还举手敬军礼呢。否则,以我的学养品德,早就对她"施暴"了。

余小铃没有回校,一点也不奇怪,说不定随老爸逃跑了,天津解放,国民党驻军全军覆没,他老爸能等着当俘虏吗,跑了,早跑了。

学业繁重,没有时间想念,渐渐地洪必胜和余小铃都被同学们忘掉了。

春节后,吓人唬拉地来了八名解放军,召集全班同学开会。解放军干部,有男有女,都穿着黄绿色军装,戴着棉军帽,一位年轻女军人梳着两条长长的辫子,看着甚是迷人,几个大同学,争着往前面坐,几双贼眼盯着女军人。有人说比余小铃漂亮,我坚决不同意,只是解放军女干部没有反应,好像她们和我们不是一类动物似的。只低头记录,不抬头往上看。

解放军战士自称是战犯管理所的干部,向我们了解洪必胜的情况。解放军干部向我们询问:第一,洪必胜在校读书时有没有在国民党军队兼任要职;第二,洪必胜在校读书时参加过军统中统特务组织没有。解放军干部告诉我们说,洪必胜现在关在高级战犯收容所,他的背景非常复杂,态度更狡猾,他一口咬定自己就是一个学生。一个学生,解放军攻打天津时,怎么从警备司令部地下室里把你捉出来?你怎么和国民党高级将领们一起躲在地下室里?希望同学们揭露洪必胜的反动身份。

班上的同学都知道我和洪必胜是最要好的朋友,风光呀,和好学生要好是最体面的事情,我若是和那些泡舞厅、看黄色小说的恶少学生是好朋友,到了1957年不就没事了吗?

我以人格担保,那时候人格是很值钱的东西,不像后来,人格比狗格还不值钱。

我对解放军干部说,对于洪必胜成为特级战犯,我感到非常吃惊。洪必胜,高中三年级在校学生,再有半年,就高中毕业可以报考大学了,据我所知,他希望报考数学专业,并不想报考特级战犯专业。他从来没向我透露过他和国民党军方有什么关系,我只知道洪必胜老家在河北省,自从解放军包围天津,他便和老家断了联系。他老爹是小学校长,别小看了小学校长,这在乡间可是个人物了。洪必胜告诉过我,在乡下他们家是大读书人,新县长到任都先拜见他老爹。

洪必胜老家解放,信件不通,家里再没有给洪必胜寄来生活费,天津解放前夕,洪必胜欠学校三个月的伙食费,后来,东北流亡学校强占学校,学校被迫停课,天津籍的学生作鸟兽散,洪必胜最先还在学校住着,没过多少天,就不知道洪必胜到什么地方去了,饿跑了。

学校停课,食堂也停伙,洪必胜没有地方吃饭,就到大街上闲逛,肚子饿,洪必胜又不好意思讨饭,兵荒马乱,也没地方去讨饭,枪林弹雨,他又出不了天津,幸好,有一天,马路上招工修筑工事,洪必胜喜出望外,总算有个吃饭的地方了。

修筑工事,天津人说是修炮楼,是个危险事,好在管饭,还有工钱。总不能饿肚子呀,洪必胜别无选择,当即报名,领到两个大馒头,大街上啃完了,随着修筑工事的大队人马,被国民党兵大枪押着,开到城外去了。

远处已经传来了炮声,人们说八路军已经不远了,东北三省已经全部失守,大半个河北省也已经落入八路军手里,天津保不住了。可是,工事还是要修的,钢筋水泥,一切能够用上的材料都用上了,据说只要坚持五十天,救援一到,美国人一参战,八路军就得撤退,天津还是国民党的天下。

天津保得住保不住,不关民工的事,民工关心的就是大馒头管够不管够。民工们也"刁"得很,馒头生了不行,酸了不行,国民党再厉害,民工也是惹不起的,好歹给你偷点工,一个炮弹炸得地堡开了花,不仅失了阵地,命也保不住了。有几天,监工讨好民工,运来大饼,每个民工还分到一斤酱牛肉。民工们干得可欢着呢。

筑炮楼,是危险事,幸好这几天解放军停止打炮,因为天津市长正带着几个人在解放军军部和平谈判,监工的国民党副官说,趁着这几天筑好炮楼,一旦谈判破裂,战事起来,前线就危险了。

挖工事,苦大累,城市贫民断了生意,只能来修筑炮楼,图的就是每顿饭两个大馒头。

黄昏发工钱,工地上一片混乱,发工钱的副官,一分钟也不早到,害怕到早了,民工们一拥而上把钱抢了。准准黄昏5点,一辆军用吉普车开来,副官提着个大皮包,里面装着工钱,不是钞票,国民党的钞票已经早成废纸了,买一张手纸得用十张钞票,人们图方便早用钞票揩屁股了。筑工事的劳工,发的工钱是银圆,大工两块大头,小工一块大头,有人说,上边给的还多,副官扣下了。

劳工们不敢和副官争辩,上边说一个工三块钱,你为什么发两块大头?争执起来,说你是共产党地下工作,就地正法,谁也不去惹那个麻烦。

发工钱的场面太乱,劳工有一个工号,排队,向副官报告一个号,副官发一份钱,发到最后,副官说,不对不对,怎么还没发完,大头就没有了,一定有人冒领了两份。

副官想出了一个主意,光凭工号还不行,还得记下名字,一个劳工走上来,报告自己的工号,记下姓名,发给大头,按下手印,再来领,休想了。

只是,副官要找一个助手呀,他按着大皮包,叫着工号,没有办法记姓名了,再说,副官识的字不多,光张老三、李老四还好写,来一个司马懿,叫呲了。

"有识字的吗?"副官向劳工们喊着。

没人应声。

副官发现一个戴眼镜的劳工,就是洪必胜,一招手:"你过来。"洪必胜走了过去。

你识字?

洪必胜不敢欺骗党国长官,点了点头。

几年级?

三年级。洪必胜是说高中三年级。

行,我喊一个工号,你记一个名字,一号,快快,你磨蹭嘛,我还有事呢。

很快,工钱就发完了,副官把洪必胜写下的人名单拿过去,一看,呆了。

你的字好漂亮呀。走,跟我到作战处去一趟,抄几份公文,我再给你工钱。

洪必胜听说能多挣钱,美得不行,颠颠地跟着副官走了。

这一晚上洪必胜抄了十份公文,第二天,得了四块大头,美了,趁着街上还有卖烧饼的,买了四只烧饼,半斤酱牛肉,美美地吃了一顿。

第二天上午,洪必胜正挖工事,一辆军用吉普车开过来,吉普车停下,副官走下车来,向筑工事的劳工大声喊:"洪必胜,出来。"

劳工们看见,副官带着洪必胜登上吉普车开走了。

有人说,完了,看着这孩子就像是地下工作,枪毙去了。

果然,远处就传来了枪声,完了,可惜呀,这么年轻。

吉普车里,副官问洪必胜:"你真是小学三年级?"

洪必胜回答说:"就是三年级。"

"军长看见你抄的公文,打电话来,命令我把你小子带到他那里去,他手下的副官,跑了,怕八路军进来杀头,不辞而别了,正缺一个秘书,你小子运气来了,跟在军长身边,吃香的,喝辣的,大洋钱就放在地下室里,想拿多少拿多少,反正也没人管了,说不定还能讨个媳妇儿。可惜晚了,眼看着八路军就要进来了,留钱没有用。"

洪必胜跟着副官坐上吉普车,颠颠地穿过大街,驶进城中心的一所大院,进大院时,站岗的大兵盘查了好半天,先看了副官的证件,身子又探进汽车察看洪必胜,看了正面,看侧面,怕是狗熊装扮的,看了半天,确实不是狗熊,才又点头让门卫往里面打电话,电话里面似是说了什么,站岗的大兵才放副官和洪必胜进去。

大院好大,洪必胜透过车窗往院里看去,院里已经修筑了堡垒,三步一岗,五步一哨,看着真是恐怖,站岗的大兵面色严肃,绝不东瞧西望,似是随时都准备进入战斗,吉普车从身边经过,一个个敬礼立正,依然不失军人风度。

吉普车停下,副官招呼洪必胜下车,洪必胜才走下吉普车,呼啦啦几个大兵跑过来,一边两个,把洪必胜夹在了中间。洪必胜吓了一跳,只觉得四周几把明晃晃的刺刀直冲着自己,一动不敢动,唯恐动一下,碰上刺刀就没命了。

副官走上去,向四个警卫说明情形,警卫向里面报告,里面传出话来,副官才带着洪必胜走进大楼。

说是大楼,其实没有楼梯,大厅又高又大,远处两扇黑木门,木门两旁又是警卫,像到了阴曹地府。副官带着洪必胜走过大厅,大厅里发出恐怖的声音,就像进阎王殿一样,洪必胜越走心里越发毛,唯恐走着走着背后一颗枪子打过来,自己的小命就玩完了。

终于走到两扇黑木门前面,副官"嚓"地立正,喊了一声报告,大厅里活赛打了一个闷雷,吓得洪必胜打了一个冷战。声音消散,屋里传出命令,门两旁的警卫闪开,副官推开大门,洪必胜没敢迈步,副官拉了洪必胜一把,把洪必胜拉进屋里去了。

我的天,明明就是阎王殿。好大好大的房间,灯火明亮,也不知道是太阳光,还是灯光,反正很亮很亮。洪必胜眨了一下眼睛,再睁开眼,这才看清室内的景象。

房子中间,一张大桌子,桌子为什么要这样大,小了不够气派,副官向坐在桌子后面的一个长官报告说:"报告徐副官,军长吩咐找的那个抄公文的学生带来了。"

徐副官放下手头的公事,抬头看了洪必胜一眼,似是没看出什么毛病,向副官点点头表示满意,副官退出去,房里只剩下洪必胜和徐副官两个人。

你叫什么名字?

洪必胜。

多大啦?

二十岁。

几年级?

三年级。

才小学三年级,字就写得这样好?

我是说高中三年级。

"哦,"徐副官下意识地"嗯"了一声,为居然找到一个高中三年级的学生大吃一惊。

好吧，我跟你交代交代吧。战事吃紧，军部原来抄公文的秘书跑了，办事房公文又多，昨天我看见副官交上来的花名册，是你写的吗？

"是。"洪必胜回答。

这就把你找来了，别高兴，反正有饭吃，待遇嘛，打完仗再说。你的差事，就是抄公文，军长身边有什么事情，叫你，你就过去，有几条纪律，对你也说不上纪律，就是要交代清楚，别怪到时候翻脸不认人。头一条，有事没事，就在办事房待着，别四处乱窜，哪间房子都不许去，这是军机处，明白吗，都是军事秘密。再一条，战事吃紧，也没法查你的身份，即使你是共产党，刺探到什么情报，也传不出去，进来了，你就别想出去了，什么时候打完仗，你什么时候出去，就算你有发报机，也没法发电报，一天二十四小时，你就在我眼皮子下边待着。再有，到了军长身边，什么话也不许说，没有你说话的"份儿"，明白吗，军长是守城司令，你是民夫，民夫挖工事，你会写字，拉来抄公文，明白吗？

明白，明白。洪必胜全明白。

洪必胜心中暗自高兴，总算找到吃饭的地方了，徐副官说，什么时候打完仗，什么时候出去，到那时，万一八路军进来了，也许就有吃饭的地方了。

可别说八路军进来的事,这儿可是国民党守城司令部,你说八路军进来,明摆着说国民党要完蛋,城防司令要挨枪子儿,他听见了,还不得要你的小命?

洪必胜心里提示自己。

交代过后,徐副官扔给洪必胜一份公文,指着一张桌子,洪必胜坐在那里开始抄公文了。

大约到了下午五点钟,徐副官对洪必胜说,"跟我来,见军长去。"

洪必胜跟着徐副官走出办事房,在大楼里转了一个大圈,上楼梯,拐弯儿,又上楼梯,最后停到一间房子门外。

"报告!"徐副官大声地喊了一声,比早晨那个副官喊得还洪亮,明明是受过军事训练。

房里传出一丝声音,大门两旁的弟兄让开正道,一个士兵拉开房门,徐副官拉了洪必胜一把,两个人一起走进了大房间。

洪必胜心想,这里必是军长办公厅了。

房间中央,一个大圆形桌子,十几把硬木椅子围在四周,四面墙壁上挂着地图,有几处地图用丝幔遮着,墙壁正中挂着大总统的玉照,瘦瘦的,面色严肃,一点儿没有逗你玩的贫相,眼睛似看不看地瞧着下面,紧抿着嘴唇,让你猜不透他葫芦里卖的什么药。

洪必胜被眼前的景象吓呆了,他举目张望,什么也没看见,只觉得明晃晃的一片混沌。副官对这里的一切早就熟悉了,大步走到大厅中央,"嚓"地一个立正,活赛打了一个闷雷。洪必胜又哆嗦了一下,这才听见副官洪亮的声音:"报告,奉军长的命令,那个写字好的学生带到了。"

　　听着副官的报告,洪必胜再向前看,这才看见面对墙壁,背向副官和自己,墙边上站着一个大官,穿着笔挺的军装,系着大皮带,腰间别着手枪,从背后看,就是一身的虎气。看来这位军人就是副官刚才向他报告的军长了。

　　军长没说话,看着背影,似是有点什么表示,副官心领神会,转身就要退出,转过身来,副官看了洪必胜一眼,暗示洪必胜,就是这位军长命令我把你带来的,洪必胜没有反应。副官退出之前,大步走到洪必胜身边,伸出双手在洪必胜身上上上下下搜查了一遍,确认没有武器,没有铁器,没有任何用来暗杀的家伙,这才放心地向后转,走出大厅去了。

　　大厅里只剩下了洪必胜,还有远处那位正在看地图的军长。洪必胜不知道这时候应该说什么,只呆呆地站着。军长也不理睬洪必胜,没感觉,看了好长好长时间地图。也不知道军长看出了什么门道,还是背向洪必胜立着,洪必胜只听见军长从鼻腔里哼出了一丝声音。

"念了几年书？"军长问洪必胜的学历。

"高中三年级。"这次洪必胜把学历说清楚了。

"这么大的学问怎么去挖工事？"军长还是从鼻腔里出声音。

"没饭吃。"洪必胜也学着徐副官的样子，大声地回答着。

"嗯？"军长惊奇地哼了一声，对于有学问的人肚子也饿感到非常吃惊。军长突然转回过身来，上下打量着洪必胜，打量了好长时间，倒是没看出什么毛病，点点头，表示同意有学问的人也应该吃饭，这才踱步走到办公桌后面，缓缓地坐下，翻开了大公文夹，低头看他的文件了。

"以后，你就留在我这里当差了，各种事项徐副官对你交代了吧。"军长向洪必胜问着。

"交代过了。"洪必胜回答说。

"一项一项要记在心间，这儿不是玩笑的地方，出了差错，军法无情。"

"知道了，我一定严格遵守。"

"你咧，不算是军人，不发你军装，没有编制，不吃军饷，至于工钱，先管饭，打完仗一起算，干好了赏你个军衔，一辈子饭碗有了。好好干吧。"

洪必胜想问一声，若是八路军来了呢？

洪必胜没敢问,他知道八路军来了,军长是战犯,他洪必胜没事,拉来的民夫,别的民夫挖工事,他被拉来抄公文。

　　"军部有许多公文需要抄写,你出去,门外站岗的弟兄会带你去一间办公室。有什么需要你抄写的东西,有人会交给你。"

　　"嗯。"洪必胜没受过训练,就像在学校里和老师说话那样,"嗯"一声,表示知道了。

　　也不知道军长听见没听见洪必胜答应的声音, 只是再没有出声,洪必胜觉得在大厅里站着没意思,便转身向外走。

　　"你叫什么名字?"背后传来军长的声音。

　　洪必胜停住脚步,转过身来,一字一字回答说:"洪必胜。"

　　听到洪必胜的回答,军长似是震动了一下,突然抬起头来,一双炯炯的眼睛盯着洪必胜看了半天,似是想拔出手枪把洪必胜毙了。洪必胜怕自己有什么不对的地方,看了自己半天,没发现什么毛病,这才放下心来,等军长说话。

　　"这名字是你自己改的,还是家里起的。"莫明其妙,军长问得洪必胜一头雾水,想了一会儿,洪必胜回答说:"是我父亲给起的,从一生下来,我就叫洪必胜。"

　　"你爹是共产党?"军长又问了个不沾边儿的问题。

"不不不。"洪必胜吓得连着说了三个"不",唯恐回答错了军长拔出枪来,一下,自己就玩完了。

"我父亲原来是县里小学校长,共产党来了,闹土改,被定成地主。"

"斗了?"

"斗了。"洪必胜回答。

"分了?"军长又问。

"分了。"

"这帮糊涂虫书呆子,今天反饥饿,明天要自由,共产党真来了,有你什么好处?哼。"军长轻蔑地哼了一声。

"军长还有什么吩咐?"洪必胜想退出大厅,最后向军长问着。

"在我身边,你就叫学生吧。什么红的胜,白的胜的。"军长不耐烦地说着。

"学生出去了。"洪必胜对于军长给自己改名字没有异议,只想走出去。

洪必胜向外面走着,就听见军长在背后大声地自言自语,"我就不信什么红必胜!"

洪必胜明白军长为什么要给他改名字了。

2

学生洪必胜在他的小办事房里坐了一整天，抄了几十份公文，徐副官交代，不许抄错一个字，文件的内容，不要记在心里，就是以后出去，也不许外传，走漏军事秘密，交军法处处置，一律枪毙。

战战兢兢，学生洪必胜伏在桌上一个字一个字地写着，用毛笔，规规矩矩，都是些胜利捷报。第一战区工事何等坚固，第二战区战壕何等隐蔽，第三战区如何，第四战区又如何，都是令人欢欣鼓舞的文件；再有些文件，清理财政，黄金多少，白银多少，一笔笔写得极是清楚；再有武器，军备，编制，调动，都是绝对机密。抄文件时，学生洪必胜不敢走神。抄过文件，学生洪必胜想，何必如此认真呢，再过几天八路军就打进来了，你这些文件给谁看呀。

到底党国大事，不是儿戏，就是玩完，也得正儿八经，不能树倒猢狲散，卖豆腐干的下街，货没了，架子不倒，要的是个气派。

学生洪必胜在办公室里抄了一天文件，中午有人把饭菜送进来。饭菜不错，有肉，还有美国罐头，没有酒，他不配喝酒，门外站岗的警卫有酒，凑着洪必胜的桌子吃饭，举着酒杯挑逗洪必胜："学生，偏你了。"

洪必胜说，我不喝酒，滴酒不沾。

吃过午饭，在警卫的陪同下，学生洪必胜到院里散步。洪必胜说自己随便走走。不行，这里是你随便走的地方吗，得有警卫陪同。洪必胜明白了，大院里一片紧张景象，吉普车发疯一般开进来，几个军人从车上跳下来，风一般跑进一处什么地方；一会儿时间又跑出来，跳上吉普车，风一般开走了，一个个都像是吃了辣椒的猴子似的，欢蹦乱跳。

整整抄了一天，洪必胜累了，累了就累了，反正不许出去。徐副官交代说，这楼里都是重要部门，不要随便走动，各个房间外面都有岗，你想进也不许进；可以下楼，下去了，再上来，就是顺着楼梯玩，不许到院里去；至于上街，宪兵在大街上巡逻，抓逃兵。就是你穿着学生服，也是逃兵，逃兵花钱向市民买旧衣服，早就不是什么秘密的事了。

进了监狱了。

好在饭菜好，晚上一份罐头汤，洪必胜第一次知道汤还可以装在罐头里，还有罐头牛肉，巧克力，美国花生米。美国花生米吃过，罐头盒画着一颗人形的花生米老头，甚是和善,一副得意模样。汤姆大叔笑嘻嘻地似是向洪必胜问着,你怎么跑这儿来的,他们已经快完蛋了。

就是不许出去。

警卫说,司令部军事秘密,发生过泄露事故,据说是一个修理电器的工人,共产党地下,把军事地图照下来,送出去,最后给枪毙了。

司令部里原来几个秘书跑了,不来上班了,军装脱下来,扔掉了,怕八路军来了,抓去问罪,早早地脱离国民党,图个干净。如此军长才吩咐副官在民工中找个会写字的来,洪必胜被选中了,进了警备司令部,和最高军事指挥一起生活。

晚上八点,司令部点名。军人们排队站在大院里,军长们集合在大厅里点名,洪必胜被唤来,等着记录总司令训话,一字不落,还要写成公文,第二天早晨发到各战区,遵照执行。

司令部点名太严肃了,军长们小鸡子似的站成一排,挺胸立正,双手贴着裤线,笔直站立。洪必胜倒有个座位,远远地拿着笔,等着总司令训话时做记录。

大厅外面传进来一声"敬礼",一阵皮靴声,警卫拉开大门,风一般闪进来一个军人,神采果然不凡,英姿飒爽,神采奕奕,英雄气概,带着身经百战的气势。军长们闻声"嚓"地一下,立正敬礼,那样子就像学生看见校长一样。

"稍息。"总司令走到军长们的面前,还了一个军礼,发出稍息命令。

军长们站得随便了。

下面,军长们汇报军情。

第一战区布军完成,某战壕什么营进入准备,工事修筑完成,万无一失。

第二战区如何如何,绝对固若金汤。

第三战区更是钢铁长城,莫说是共产党八路军,就是天兵天将,也休想攻破阵地。

听着军长们的汇报,守城司令背着手连连点头表示赞赏,对下级的努力甚是满意。听了一会儿,总司令突然转向48军军长余九成,也就是将洪必胜叫来抄公文的军长,问道:"吴家坟工事建筑得怎么样了?"

"嚓"地一声,余军长立正回答:"报告司令,689战区工事建筑完成,本人亲自检查,固若金汤。"

洪必胜一字字地做着记录,他只是不解,刚才守城司令询问吴家坟工事,余军长却回答说689战区,此中一定是军事暗语。军事上的事情博大精深,一个中学生是无法明白的。

汇报之后,守城司令开始训话:"弟兄们辛苦了。"

"效忠党国！"几个军长齐声喊叫回答，声音震得大厅晃动了一下，洪必胜打了个冷战，忙着握笔，将军长们的回答记录下来。

"唉，"军长们声音落下，守城司令叹息一声，开始向他的下属训话。

"党国命运沦落到今天，令人痛心呀，想我中华民国是何等的强大，财力又是何等的雄厚，再有友邦无私援助，竟然被穷山沟里出来的土包子逼到如此地步，真是让人无颜相见江东父老了。"

"本人，吴奇功，"又是突然之间，守城司令挺直胸膛，放大声音，全然又是一副将军风采。

洪必胜一字字地记录，心中暗自明白了一件小事。刚才守城司令询问吴家坟工事建筑，余军长回答689战区，此中原因重大，守城司令姓吴，名字叫奇功，他刚才说了，"本人吴奇功"，大将忌地名，守城司令吴奇功受命于危难之时，偏偏这个鬼地方有个村子叫吴家坟，如今解放军集中兵力正要向吴家坟逼近，吴家坟一丢，守军全军覆没的日子就到了。

吴奇功一副英雄气概，挺直了胸膛，以洪亮的声音对他的下属说道："共产党低估了我们的实力，我们原来估计，共产党在占领东北之后，至少要休整三个月才能南下进关，但他们急于得天下，趁热打铁，悄悄地向关内逼近。据我情报机关获悉，共产党在沈阳制造休整假象，妄图麻痹我平津守军，悄悄派杨成武部逼近张家口，他们夜行日宿，妄图切断平津之间联系。共产党也太聪明了，他们把我们看成了一群傻瓜，弟兄们知道，早在共产党进攻沈阳之前，我们就着手修筑工事了，如今我们已是严阵以待，只等着和他们对刀对枪了。"

说着，吴奇功拿起一根教鞭，像老师讲课那样指着墙上的作战地图，向他的下属讲述双方部队的力量对比。听吴奇功说话的声音，信心百倍，没有一点气馁的神色。前几天挖工事的时候，洪必胜听民工们议论，国民党无论如何也保不住天下了，民工们述说共产党攻打东北的情形，国民党王牌军不堪一击，战争还没打响，人都跑光了。什么坦克车，机关枪，动都没动，共产党就一路横扫进来了。

但，如今进入警备司令部，听见警备总司令一番训话，洪必胜动摇了他原来的看法，听着，看着，至少在吴奇功身上一点也看不出来要完蛋的意思。也许国民党的气数未尽，百足之虫，也不是说死就死得了的。

"党国军人之中有草包，但我吴奇功不是草包！"突然吴奇功说话的调门高了十倍。他双脚一顿，在地下室里暴起一声闷雷，立在他面前的几个军长，似是吓了一跳，没精打采的神色顿时不见，一个个抖起精神听他们总司令训话。

"兄弟在德国军事学院，研究运动战四年之久，战后又到苏俄研究军事。诸位都知道斯大林格勒，兄弟研究斯大林格勒战役达一年之久，兄弟研究斯大林格勒战役专著，甚得总裁赏识。总裁夸奖兄弟为中国掌控运动战第一人。如此，总裁才于危急之时委派兄弟北上，阻止共军攻势，扭转战局。"

吴奇功以一双炯炯有神的眼睛向下望了望，看到下属们个个英姿飒爽，又兴高采烈地讲了起来。

"兄弟在德国陆军学院，受业于军事泰斗克劳塞维茨，克教授密授兄弟军事学要领，克教授开导兄弟说：'战争时刻，精神因素至关重要，双方相持，一方因力量悬殊而显弱势，而此弱势一方则更应提高精神之紧张和防备程度，而精神之振奋常常会出现意料之外转机，此即转败为胜的手段。'"

说罢，吴奇功似是也有点累了，最后说了一声"解散"。

突然，活赛是天塌下来了一样，惊天动地一声吼，几个军长齐声大叫："效忠元首，献身党国，誓与阵地共存亡！"

解散。

完全没有人身自由的洪必胜，有一间属于自己的小卧室。从生下来洪必胜从来没有睡过这样好的房间，宽宽敞敞，大吊灯，办公桌，成套的沙发，席梦思软床，绣花枕头，丝绒被，洗澡间，雪白的毛巾。我看，这仗别打了，共产党也别攻了，国民党也别完蛋了，太阳也别落了，月亮也别出来了，就这么着了。洪必胜享福了。

今天晚上轻闲，没有公文，刚才司令训话，当场洪必胜就交上去了，回来又抄了十几份，十万火急，抄好一份，副官往下发一份，电话报告回来，说是已经向守城士兵传达，士兵们意气风发，宣誓誓与阵地共存亡。

夜里很静，不似在工地上，可以听到远处隆隆的炮声，司令部在城中心，前线离城市还有几十里，炮弹打不过来，百姓们还是买菜买米，街上虽然军车跑来跑去，百姓已经习以为常，不当一回事了。

军事如此紧张，怎么百姓们如此平静呢？

挖战壕的工地上，民工都说，八路军就要来了，百姓们心里有谱，无论国民党如何做态，气氛无论何等紧张，形势是不能逆转了，吴奇功说他要扭转战局，百姓们认为大势已去。报上说，前几天市长于士儒带领一组人等通过封锁线，去解放军总部谈判，市民们盼望谈判能有成果，如此就不至于陷于战火，过平安日子了。

倚坐在软床上，双手垫在脑袋瓜子后边。洪必胜胡思乱想。生活虽然舒服，只是太寂寞，没有报纸，没有书看，没有收音机，四面墙壁糊着花壁纸，一点看头也没有。看得出来，徐副官对于从挖工事的民夫中拉来一个写字民夫，来不及调查，不怕他是共产党奸细，反正没有自由，就算得到军事情报，也传不出去。任何人不得接近你，身边更没有通信设备，就算你神通广大，就算你三头六臂，孙猴子，收到老君炉里，你也没辙。

正百无聊赖地躺着，房门推开，徐副官走了进来。

学生，说说话去。

洪必胜随徐副官走出房间，三拐两拐，走下地下室，走进一个大房间，迎面一股烟雾呛得洪必胜喘不上气来。走进地下室，昏暗的灯光下，几个副官模样的人，正围着桌子喝酒。

桌上摆着各式各样的酒瓶，洪必胜看也没有看到过，反正知道是名酒，全是洋文，有的英文，洪必胜认识，威士忌，再有法文，不认识了，那上面的人头像，认识，拿破仑，全是倒霉蛋，惺惺相惜了。

徐副官拉着洪必胜坐在自己身边，取过一只香蕉剥了皮交到洪必胜手里，笑了笑说道："别一个人闷在屋里胡思乱想，和大家坐坐，问你一件事。斯大林格勒是怎么一回事？"

洪必胜明白副官们把他拉下来的原因了，晚上吴奇功训话，副官们有的地方不明白，把洪必胜拉下来，问个清楚。

斯大林是苏俄国的元首，知道吧，格勒，俄国人管城市叫格勒。

哟，你听听，俄国人管城市叫格勒，打完仗，咱也叫格勒好了，北平格勒，上海格勒，天津格勒，俺老家四川巴县，那就叫巴县格勒好了。

徐副官玩笑话，把满屋副官们都逗笑了。

洪必胜开始向副官们介绍斯大林格勒保卫战的故事。

副官们听直了眼儿，一个个都佩服洪必胜的学问。

"吃吃。"说着，一个副官们把一份奶油蛋糕送到洪必胜面前。

洪必胜没看见过这种蛋糕，上面一层奶油花边儿，中间还有水果，下面才是蛋糕，看着明明就是工艺品。洪必胜舍不得破坏如此漂亮的摆设，只呆呆地看着，不敢吃。

"咱也开开洋荤吧。"副官们呼噜呼噜地吃了起来，人人糊了一嘴奶油。

"我上街给军长买点心，妈的，点心铺都关门了，大炮还远着呢，生意就不做了，好不容易转到老英租界，还有一家西洋点心铺亮着灯，走进去一看，真好，我说买，掌柜说不收金圆券，中央军还没走，钞票没人要了。好，你不是不要钞票吗,我战时征用,亮出盒子,你给不给。哈哈。"一个副官得意地说着。

"你呀,土匪!"徐副官笑着骂道。

"咋叫土匪,咱们舍着性命保护百姓,百姓还不得孝敬咱们一点儿?咱们若是为了自己,南下走了,把空城留给八路军,省得担惊受怕,妈的。"那个副官又骂了一句。

"学生,学生,晚上吴司令说的精神之紧张和精神之振奋是怎么一回事?这紧张和振奋不是一回事吗?"

副官们还问。

副官,应该说就是军长们身边的秘书了。副官也罢,秘书也罢,都是文职,既然是文职,怎么连这么点基本知识都不知道呢?洪必胜多少知道些队伍上的事情,这些副官都是军长身边的马弁出身,追随军长南征北战,端茶送水,替军长抽老百姓耳光,到地方给军长征用鸡鸭鱼肉,晚上给军长拉皮条,跟随军长多年,军长也得提升提升呀,放到营房去吧,没带过兵,也吃不了立正出操的苦,下边带兵的也不服,我们干了这许多年才少校,他提了几年夜壶,下来就中校,没办法,就副官了。

洪必胜看了看副官们一眼,果然一群草包,消磨时间,他们问什么就回答什么好了。

副官们想知道的事情也不多,三言两语也就糊弄过去了,下面的事,就是喝酒,吃水果、蛋糕。

"这些酒,是我从中央银行地下室找来的。查军情,中央银行留守员工不给我开地下室大铁门,妈的,战事紧张,我查有没有共产党情报奸细。我们发现有人在这一片地方发电报。敢不开吗?唉哟,里面都是黄金。黄金不敢拿,顺手捎出两瓶酒,吓得地下室职员直给我作揖,万万不能呀,打完仗没法交代呀。带回去检查,是不是烈性炸药。哈哈。"一个副官更得意地说着。

"这么好的酒,你怎么不去孝敬吴司令?"

"找死呀,自从大炮一响,吴司令不吃肉,隔三差五,吴司令到阵地和弟兄们一起吃饭。你给他送酒。哪儿来的?中央银行地下室搜来的。毙了你,土匪呀!"

学生,学生,唱一段吧。

洪必胜要唱意大利民歌,副官不爱听,唱《夜来香》。

"军长们也是腻呀,想听个歌,我去维格多利舞厅接歌女,不来。你猜那些骚娘儿们怎么说,她们对我说,又是大炮,又是机关枪的,多热闹呀,还听歌干什么,够开心的了。平日军长可没少在她们身上花钱,就是不来。我说,你不怕日后军长找你算账?你猜那些娘们儿说什么,什么日后,大炮都快炸到大街上来了。唉,霸王别姬,还有个虞姬抹脖子呢,如今世道,也太无情了,唉。"

一片叹息,副官中有人掉了眼泪。

完了,完了,没有指望,改朝换代的日子到了。

半夜三更,洪必胜被唤醒过来,穿好衣服,随徐副官匆匆来到吴奇功办公室。

市长于士儒率领一干人等穿过封锁线去和解放军前线指挥部谈判,谈判失败,市长于士儒又率全班人马回来了。

不幸,发生了一点小小的意外,随市长于士儒一起去和解放军谈判的随员,追随警备区总司令吴奇功多年的秘书,留在解放军不肯回来,吴奇功手下的笔杆子,走了。

吴奇功赫赫总司令,一时也离不开笔杆子,如今于士儒回来还要向吴奇功报告谈判经过,汇报之后,还要发表告市民书,还要向南京方面报告,等等等等,吴奇功必须立即物色一个高级文书,中国人说急来抱佛脚,吴奇功如今是急来抱读书人了。

回来向吴奇功汇报谈判经过的于士儒已经坐到吴奇功办公室的大沙发上了,急中生智,吴奇功一个电话:把余军长办公室那个小秀才叫上来。

徐副官答应一声,是。

跟我来,洪必胜就像只小兔一般,随着徐副官走进吴奇功办公室来了。

坐下。

洪必胜没敢站着。

我们说的话,一字不落全记下来,行吗?吴奇功向洪必胜问着。

试着吧。洪必胜回答。

好了,开始吧。

市长于士儒,读书人,年纪在七十岁左右,一脸的儒雅风度,未和吴奇功说正事之前,先看了一眼洪必胜。

哪个学校的?

省立中学。

几年级?

三年级。

初中?

高中。

哦,我也是省立中学出来的,省立中学高中毕业,知道吗,得有三手绝技:一,要写得一手好字;二,要精通古文;三,英语要好。你行吗?

洪必胜点点头。

哦,我好像见过你,去年你们学校六十年校庆,我去了,会后和优秀学生恳谈,好像有你。

洪必胜又点了点头。

唉,国难当头,读书人不幸呀。

开始汇报了,共军方面提出了什么条件,按照吴司令事先交代,我方提出了什么条件,见到了共军方面军事要人,共军方面对时局的估计,我方对时局的估计,差之千里矣。

请他们攻吧。吴奇功大言不惭地说着。

不过,不过。于士儒嗫嗫嚅嚅地似是要说什么。

愚以为,识时务者为俊杰。东北三省已经落入共军手中,徐蚌大战(淮海战役)也是凶多吉少,依士儒之见,共军方面既然保证军政首脑生命安全,士儒以为还是以和为贵,尚为上策。

什么"和"?明明就是降。

降,也只能降了。

我吴奇功追随总裁多年,总裁遣我来固守北方,意在扭转战局,为准备这一场血战,我筑的工事固若金汤。

不不不,以妄自尊大和刚愎自用构筑而成的固若金汤,最后必将毁于妄自尊大和刚愎自用。

高见高见,吴奇功压着怒火,脸上的皮肤皱成一团,如果换了别人,吴奇功早拔出手枪,把他毙了。

放肆,放肆。于士儒只得连声恳请吴奇功息怒。

报告。一位秘书走进来。

南京电话,大总统请总司令说话。

是。吴奇功"嚓"地一个立正，似是蒋大人已经出现在他的面前。随之挺直胸膛，迈开正步，向电报房走去。

于士儒随之站起身来，追在吴奇功身后，点头哈腰地轻声说着：请代士儒恭祝元首大安。

稍候，稍候。

吴奇功嘱咐于士儒等他一会儿，咯咯咯，一阵皮靴响，吴奇功走出去了。洪必胜看见了，走在后面的于士儒摇了摇头，深深地叹息一声，停住了。

于士儒在办公室等候吴奇功，没事干，抬头看了一眼洪必胜。孩子，这时候了，你怎么还往这里面钻呢？

没饭吃，跟着挖战壕，他们看我写字好，就把我拉到这儿来了。

好孩子，走投无路，只知道劳动糊口，市面上许多困在城里的学生聚众闹事，没饭吃呀，我对警察局说了，不得动粗。唉，读书人也要吃饭呀。孩子，老老实实在这儿混几天饭吃，快了，快了，将来离开这里，把看到、听到的事情好好写一写，写本书，创造一门学问，失败学，你看怎么样？唉，天下落到这般地步，不是没有人提过忠告呀，不听，他们听不进去。固若金汤啊，他们就信这个固若金汤，靠谎言堆起来的固若金汤。孩子，你可别把我说的话告诉吴奇功，不见棺材不落泪，他还"混"着呢。

缘分,缘分,八百年的缘分同船渡,咱们也是缘分了,后会有期,孩子,解放军进来,我还回咱们学校教书,你该毕业了吧,多好的文采呀,我看看你写的字。

于士儒取过洪必胜的记录稿,啊,大吃一惊。洪必胜这小子最拿手的本事就是做记录,别人做记录,虾米小鱼,事后,连自己都认不出来,洪必胜做记录,硬笔小楷,稍做整理,立马就是文章,这小子,神了。

唉,乱世不读书呀。读书人生在这时代真是可悲也。

于士儒感叹地对洪必胜说着。

吴奇功一介武夫,他们不懂得社会,不懂得历史,他们只知道手里有枪,还有他们自信的固若金汤。我到"那边"去过,大势所趋了,解放军为什么节节胜利?没看见过那里的情形,我也是不明白,就是在那边谈判的日子里,我看明白了,中国百姓拥护共产党,才是解放军所向披靡的根本原因。我亲眼所见,共产党高级将领,带着粮食走访贫寒,解放军士兵服务人民,给老百姓担水打柴。国民党为什么做不到,战事起来,吴奇功不吃肉,下到前线和士兵同吃,晚了,早一天你们还鱼肉百姓了,突然下来一趟装慈爱,晚了,没有人相信你们了。和我一起去那边的吴奇功最亲近的秘书,回来的那天,和我商量,我不想回去了,我说,好,有志气,为什么还回去和他们一起殉这个国呢?留下吧,如此,吴奇功才临时抱佛脚,把你拉来了。

咯咯咯,一阵皮靴声,吴奇功回来了。

出去了一会儿,听总裁一番训政,回来,吴奇功一脸兴奋,眼睛冒出亮光,步子稳健,胸膛高挺,活赛是刚刚打了一针吗啡,精气神儿十足。

写。警备区总司令吴奇功,市长于士儒就谈判破裂事告市民书。

不要写破裂,是谈判未果。于士儒纠正地说着。

什么未果。破裂就是破裂,总裁命令,血战到底。我吴奇功,不成功便成仁,于先生,这次请你见识见识,真正的军人是什么样子的吧。

佩服,佩服,士儒告辞了。

3

电话铃响,徐副官拿起电话,才听到电话里面的声音,"唰"地立正,面色严肃,将电话靠近耳边,唯恐听不清楚误了大事。

洪必胜知道,必是余军长打来的电话。

是,是,是。

一连三声,徐副官答应了三个"是"。放下电话,徐副官冲着洪必胜大声地喊了一个"走"。

洪必胜吓出了一身冷汗,以为自己抄错了哪份公文,余军长下令,让他滚蛋。这时候让我走,明明是想饿死我呀,炮弹已经打到城里,城里一片萧条,商店关门,工厂停工,让我去哪里找事做呀。

洪必胜正想着,不知道应该如何向徐副官求情,徐副官一步冲过来,拉起洪必胜的胳膊,急匆匆地跑出了副官室。

洪必胜以为是共产党攻进来了,徐副官拉自己逃命。不对,共产党真打进来,余军长不会给他打电话,徐副官,共产党攻进来了,快跑吧。到那时余军长早颠儿了,还给副官打电话,等着共产党毙他吧。

不容洪必胜想个明白,徐副官已经拉着他跑下大楼,大院台阶下面停着一辆军用吉普,徐副官一步跳上去,也把洪必胜拉了上去。洪必胜坐进吉普车一看,余军长早坐在司机副座上,什么话也没说,"噌"地一下,吉普车开动起来,飞快开出了司令部大院。洪必胜没有思想准备,被飞快的吉普车颠得东倒西歪。

这是干什么去呀?

洪必胜知道军事上的事情不许乱问,只老老实实坐在吉普车里,等着到地方让干什么干什么吧,反正不至于枪毙,没干挨枪毙的事情。

吉普车飞快地在城里跑着,洪必胜隔窗望出去,大街上处处是碉堡,持枪荷弹的大兵匆匆地跑着,远处大炮轰响,火光把天空照得一片通红。八路军来了,谁也挡不住了,什么铜墙铁壁,什么固若金汤,完了,完了,谁也没有回天之力了。

吉普车拐进一条街道,洪必胜认识,租界地,高级居住区,又拐了一个弯儿,驶进了一幢大楼,院子好宽敞,好像有人等在院里,两个女人,一个年纪在五十岁左右,一个年轻,看样子就是一个中学生,两个人提着皮箱,正焦急地东张西望。

吉普车"嘎"地一声停下,余军长不等车子停稳,就从车上跳下来。年轻的女子迎上去,唤了一声"爸",余军长也没有应声,向年岁大的女人问道,"东西呢?"

女人回答一声,"在楼上,太重。"

余军长向徐副官努了一下嘴,徐副官心领神会,拉着洪必胜跑上楼房,楼里好阔气,洪必胜抓着楼梯扶手,跟着徐副官往楼上跑。一面跑,洪必胜一面心想,若是太平岁月,住在这里该是多舒服呀,住得好好的,共产党来了,滚蛋了,你说,改朝换代有什么好处?

到这时,洪必胜才明白,徐副官拉自己来余军长家,是帮助军长搬东西的,一定是要迁到新地方去,家里有点重东西,拉洪必胜来往吉普车里搬。

果然洪必胜心眼灵,就是那么一回事,徐副官抓着洪必胜跑进一个房间,房间地上一个小皮箱,徐副官吩咐洪必胜把它搬到吉普车上去。洪必胜没有准备,弯腰就搬箱子,没搬动,我的天,少说七八十斤,扭了一下腰,再直起腰来,憋足了气,使出吃奶的劲儿,箱子搬起来,好重好重,洪必胜明白了,一定是黄金。

洪必胜扛着箱子,一步一步往楼下走,院里余军长大声喊叫,"快点,飞机不等人呀!"

洪必胜终于把一箱金子搬到吉普车里，徐副官更一步跳上来，还是什么话也没说，吉普车开起来，"嗖"地一下，就开到大街上了。

洪必胜心脏还在扑通扑通跳，没有心情看清楚余军长太太和女儿是什么模样，只听见车里的余太太向徐副官嘱咐说："徐副官，军长这些年对你够厚道的，你可要看好他，别让他做为国捐躯的傻事，这个国，完了，捐多少躯也没用了。"

"徐副官，你要看好我老爸。"随着是余军长女儿的声音。

哟，出怪事了，这声音好熟悉。

洪必胜一回头。

"洪必胜！"余军长的女儿认出洪必胜来了。

同学。一个班的同学。

只知道余小铃的爸爸是军人，谁也没想到余小铃的爸爸就是守城军长。

"你给我老爸做传令兵，我怎么不知道？"余小铃吃惊地说着。

"你就别乱问了。"大声呵斥女儿的是余军长。

"洪必胜，班里我就跟你一个人好。"余小铃还是抢着说话，"你一定看好我老爸，只要保住我老爸，等反攻回来，刚才扛下来的那一箱硬货,有你一半。"

"闭上你的嘴!" 余军长恶狠狠地骂着,"反攻个屁,完了,完了,没救了,"余军长沮丧地说着,趁着吉普车没有太颠,余军长最后嘱咐女儿说:"好好念书,记住解放军攻进天津的日子,每年这天,给你老爸烧股高香。"

"唔唔唔。"车里,余太太放声哭了起来。

太感人,太悲壮了,一个王朝的灭亡本来就是一桩非常悲壮的事。悲壮得让人窒息,让人同情。

后来,洪必胜向他的同学们诉说当时的情形,非常同情地感慨了好一阵。

"我操!"准高才生,后来名震遐迩的国家一级作家,还没有改名字叫林希的英俊少年侯红鹅,感慨之余,补充了一个关键词。

通往机场的道路,早被炮弹炸得面目全非,坑坑洼洼,吉普车跑得飞快,颠得车里的人弹起来,脑袋瓜子碰在车顶上,余军长太太女儿没坐过这样的车子,一声一声地尖叫,气氛变得更加凄惨。

"到了机场,你们两个人只管往飞机上跑,东西由副官和学生送上去,这可是最后一班飞机了,别拉拉扯扯的难舍难分。听见没有?"余军长嘱咐他的太太女儿说。

余军长话声未落,突然一颗炮弹落在前面道路上,到底司机技术不一般,猛然把车子掉头过来,向相反的方向开回去,开出没多远,惊天动地一直巨响,炮弹爆炸,一片浓烟腾起,哗哗的炮弹皮飞起来,余军长下意识地蹲到车座下面,又扬手拉他的太太女儿往车座下面躲,徐副官也抱着脑袋瓜子蹲下身子,唯一保持英雄本色的,倒是洪必胜,依然傻兮兮地坐在车里,视死如归。

万幸万幸,吉普安然无恙,司机透过烟雾又看见了道路,猛然又掉过车头,往机场飞快地开了起来。

远远地看见机场了,不是原来的东局子机场,东局子机场早落到解放军手里了,是临时草草压出来的一个军用机场,只能起降军用飞机,也没有指挥系统,就是军人拿着红旗绿旗指挥飞机起降,狼狈极了。

"快快!"余军长几乎发疯一般地喊叫着。

又是一声惊天动地巨大声响,一颗炮弹飞过来,就在吉普车前面炸开了,一团烟雾腾起,呛得车里的人一起咳嗽起来,司机还是不敢停车,硬是钻进烟雾更快地跑了起来。

终于穿过烟雾。炮弹声散去,刺耳的轰鸣声传进吉普车,余军长下意识地向外一看,正看见一架飞机从头上飞掠而过。

晚了。

完了。

余军长气馁地向后倒在座位上。倒霉的两颗炮弹。飞机不能再等了，再等炮弹就打中飞机了。

司机也把车速慢了下来，回去吧。吉普车掉过头来，绕开炮弹坑，往回开去。

吉普车才开了一段路，后面一辆吉普车追了过来。

吴奇功的吉普。

坐在车里的吴奇功挥了一下手，余军长的吉普车停下，余军长从车里走下来，向坐在车里的吴奇功举手敬了一个军礼。

"晚了。"吴司令万分惋惜地说着。

"晚了。"余军长答应着，不觉眼泪已经涌出来了，男儿有泪不轻弹，实在憋不住，也就弹出来了。

"吴司令，我们怎么办呀？"余军长太太哭着向吴奇功问道。

"他妈的，空军太没有规矩，不服从命令，我拿手枪逼着机长，不许起飞，他说共军的炮弹一颗比一颗近，下一颗就要落到飞机上了，他们愣把我从飞机上架下来，我还没有站稳，'嗖'地一下，飞机就起飞了。"

"就算没赶上飞机，我们全家也感谢司令的关照。"余军长感动地向吴奇功说着。

"感谢元首吧，委员长特批了四个座位，我太太和儿子，另两个位置,我没对任何人说,那几个军长知道了,一定要生气的,没想到路上耽误了。走吧。"

说罢,吴司令登上自己的吉普车,就要回司令部去了,吉普车启动前,吴奇功又探出身子,向正在登车的余军长一家人说,"没赶上也好,免得来来去去奔波劳累,放心吧,四十天后,咱们就在这个机场,和我一起迎接他们回来!"说罢,一溜烟儿,吴司令的吉普车跑得没有影儿了。

垂头丧气,余军长带着太太女儿回到了城里,回到原来住的小洋楼。小洋楼里一片狼藉,徐副官洪必胜一起帮助收拾半天,好歹能住下人了,徐副官这才带着洪必胜回到司令部。

徐副官正和洪必胜收拾房间,军长太太轻轻走过来,看了洪必胜一眼,向徐副官说道:"徐副官,你看孩子衣服穿得这样少,怪可怜的,有时间你带孩子上街买件棉衣吧。"

"我有棉衣。"洪必胜忙着向军长太太说。

"军长太太可怜你,你还不鞠躬感谢。"徐副官在一旁提醒洪必胜说。

"谢谢军长太太,其实,我有棉衣。"洪必胜还是傻兮兮地说着。

"你就别客气了,快谢谢军长太太吧。"说着,徐副官从军长太太手里接过来一些钱,当然是银圆,金圆券没人要了。

军长太太走出房间，余小铃随之走了进来，她凑到洪必胜身边，神秘兮兮地小声向洪必胜说："到底，你还是混进来了，你们共产党真有办法。"

"你胡说什么呀，谁是共产党？"洪必胜着急地回答着说。

"你放心，就算你真是共产党，现在我老爸也不会把你办了，他正想找个内线和共产党通气呢，别看表面上人人都高喊为国捐躯，其实，心里又都想着早一时解脱，跳出这个苦海。洪必胜，咱们可是从初中一直同学到高中，我就看你好，你对我说实话，你到底是不是共产党？"余小铃一双眼睛盯着洪必胜，一种说不清的目光，盯得洪必胜直哆嗦。

"我真不是共产党，就是找饭辙卖苦力，他们要找个抄公文的人，就把我拉到司令部来了。"洪必胜用力地解释着，脑门上已经涌出了汗珠儿，亮亮晶晶。余小铃"噗嗤"一下，笑了。

"洪必胜，我明对你说了吧，国民党的天下完了，他们人人都知道回天无力了，可是谁也不肯第一个捅破这层窗户纸，大家只等着大炮响，大炮一响，罪孽就有头了。你看见了，总司令吴奇功把老婆孩子送走了，他现在咬着不疼的牙，誓死为国捐躯，他也知道，不捐躯、共产党来了也饶不了他，这把骨头摔个响儿，也算英雄一世了，可是我们犯得着和他一起殉葬吗，国民党作恶多端，爸爸早就说，天下毁在他们手里了，虽说是身在曹营心在汉，可是没有一个传话的人呀。咱们同学中不是很多赤化学生吗，你能出去联系上一位吗？爸爸说，我们就想早一天放下屠刀，成佛不成佛，这些人是没有这份妄想了。"余小铃极是认真地说着。

"小铃同学，你也太把我看得一回事了，我哪里知道什么共产党呀，真共产党早在解放军围城之前就走了，现在正在训练，准备打下天津之后接管呢。他们走之前问过我，我就想，还有半年高中毕业了，误了学业，回去怎么见我老爹呀。"洪必胜严肃地对余小铃说着。

停了一会儿，余小铃更是知心地对洪必胜说道：

"妈妈说，拜托你一件事情，徐副官带你上街买衣服的时候，顺便给我老爸买一套，不要西装，更不要好衣服，就买老百姓穿的破衣服，越破越好，你明白有什么用处吗？妈妈还嘱咐说，几时共产党进来，你一定要帮助爸爸换上这身衣服，混在老百姓当中，别让共产党捉住。完了，妈妈说，没指望了。别听吴奇功吹牛，他把老婆孩子黄金珠宝送走了，光棍儿一个人豁出命死在这儿了，他跑都没有退路，光杆司令一个人，跑到南方，元首也不拿他当人看，说不定，安上个失守丢城的罪名，不服从军令，把他枪毙了呢。"

洪必胜不敢搭腔，也没有任何表示，都是党国高层的事，一个没饭吃的穷学生闹不明白，也没有必要闹明白。

"妈妈说，别听吴奇功拣好听的说，什么元首特批了四个座位，明明只有两个座位，他故意买好，打电话给爸爸，通知爸爸把我们送到机场，吴奇功故意把飞机起飞的时间说晚了一个小时，就是我们赶到，也登不上飞机。同是从城里出来，炮弹怎么没把他拦住呢？放屁去吧，鬼才相信他的胡说八道。"

洪必胜还是不说话，都是你们一伙的事，老百姓才没有时间评判谁对谁不对，一群王八蛋。

余小铃没有再说什么，拿胳膊肘顶了一下洪必胜，小声问着："记住我说的话了吗？"没等洪必胜回答，她也出去了。

回到城防司令部，又是另一种气氛了，吴奇功总司令气宇轩昂，挺着胸膛在他的地下室里发布命令，声嘶力竭地一声声喊叫，打得好，打得好。一会儿操起电话恶声咒骂，我毙了你。喂喂，你怎么不回话！

哒哒哒……

电话里传来清晰的枪声，吴奇功正在大骂，突然一声大喊，缴枪不杀！电话从吴奇功手里掉下来，丁零当啷地打晃，一阵乱七八糟的声音，只听见西北口音在喊："举起手来！"

吴奇功气急败坏地瘫坐在大沙发上,抹抹额上的汗,自言自语地叨念:"完了,完了,干脆,通通快完蛋吧!"

　　吴奇功的喊叫声,把外面的炮声都压下去了。

　　战事一分钟比一分钟逼近市区,吴奇功倒依然精神抖擞,双手不离开电话机,似是每时每刻都可能出现奇迹。吴奇功更吩咐他的副官接通所有电话,大声地向前线发出命令:"守住阵地,一定要守住,只要坚持四十天,共军就要被我们打退,内战战场就会发生奇迹,补给马上发到,好好好。我向元首给你们请功。"

　　洪必胜听着,看着,心里一阵一阵地犯糊涂。昨天就是吴奇功和余军长这两个人,在机场,垂头丧气,明明天下没有指望了,回到司令部,精神又来了,又必胜了。

　　第二天下午,炮声渐稀,徐副官向余军长请假,说带洪必胜上街买棉衣,"太太看学生穿得单薄可怜,吩咐我带学生去买件棉衣。"

　　余军长在出勤证上签过字,交给了徐副官。

　　战争时期,兵士、士官不得擅自行动,离开战壕,离开机关,要有执勤证,宪兵在阵地上布岗,不打共产党,只打逃兵。城里大街上,宪兵的吉普车四处乱窜,一防败兵抢劫,第二就是捉逃兵。

徐副官接过执勤证，向余军长立正敬礼，表示一定不会逃跑。

余军长说，速去速回，战事紧张，瞬息万变，不可在外面久留。

是！

徐副官又是立正敬礼，带着洪必胜走出了城防司令部。

外面，大街上一片萧条，看不见人影，只看见军车在路上飞跑，带着惊慌失措的神色，一点也不像局面扭转的样子，倒似是支撑不住的德行。徐副官出来的时候没有要吉普车，只和洪必胜在大街上走着，买什么东西呀，所有的店铺都关了门，不光是关门，门窗都用砖头砌上了，十字街头都筑着碉堡，枪眼里伸出来枪口，走一个路口，站岗的弟兄问一声："口令。"其实大家都认识，副官回答对口令，两个才开玩笑。

你小子司令部里泡美了，没找个妞儿玩玩。

还妞呢，那玩意儿通人性，没精打采的。

等着，共军撤退之后，放三天假。

共军撤退，共军撤退，共军不认识东西南北，越撤退离城里越近。

"轰"，一颗炮弹落下来，两个人都抱着脑袋瓜子趴下了。

大街上商店都关了门,洪必胜跟着徐副官匆匆往前走,突然发现大街上人们排成一条长龙,似是等着买东西。这时候还买什么东西呀,洪必胜抬头一看,原来是米面铺,米面铺大门紧闭,门上挂着牌子,"无粮",人们还是不肯散去,人们大声地叫喊:"再不开门就砸啦!"里面还是没有声音。

　　排队等着买粮食的人们看见一个穿军装的人走过来,呼啦一下向徐副官跑了过来,人们把徐副官围在中间,央求地诉说,长官,管管这些奸商吧,城里已经绝粮三天了,他们囤积粮食,就是不肯卖给老百姓,饿疯了,百姓就造反啦。

　　徐副官没有心思理睬急着买粮的百姓,只匆匆带着洪必胜向前跑。

　　好不容易,徐副官带着洪必胜拐进了胡同,胡同里更冷清,没有人影,家家大门紧闭,徐副官走到一户人家门外,当当地敲响了大门。

　　大门里没人应声。

　　洪必胜更加用力地敲门。

　　里面还是没人应声。

　　徐副官向紧闭的大门里喊叫,乡亲们,我们是向你们买东西的,付你们大头。

　　门里还是没有声音。

　　洪必胜说,老百姓不开门,走吧。

想向老百姓买衣服，老百姓多"爱"你们呀。

一条胡同，几十户人家，徐副官整整敲了大半天门，没有一家应声。别在这儿浪费时间了，徐副官突然想起了什么，拉着洪必胜走出了胡同。

三拐两拐，徐副官带着洪必胜走到大马路，临街的一处商号，大门用砖头砌死，抬头向上望去，墙壁上面挂着一块招牌，大陆货栈。徐副官似是对这里非常熟悉，找到一处地方，双手一推，砌成墙壁的砖头松动开，露出后面的一扇窗子，徐副官敲了几下窗子，里面人影闪动，徐副官唤了一声"于掌柜"，玻璃窗后面出现一个人影，一个小老头，精瘦精瘦，拉开窗子，徐副官带着洪必胜扒着窗子跳进了屋里。

乱套了，门窗砌死，知道内情的人，扒开砖头，后面露出窗户，再叫对了人名，里面出现人影，推开窗户，人从窗户跳进去，唉，党国到了这等份儿上，够惨的了。

徐副官带着洪必胜跳到屋里，还没站稳脚步，于掌柜就迎上来，万分焦急地向徐副官说道："哎呀，副官，你怎么才来呀？你再不来，你放俺这儿的那批货，我就扔到大街上去了，八路军一到，查出我这货栈窝藏军需……"

"嘘！"徐副官摆手打断于掌柜的话，示意他身边有人，说话要谨慎。

哎呀，到了这时刻，还有什么背人的事呀。

徐副官警觉高,回头对洪必胜说,这儿无论听见什么,看见什么,回去不能说,知道吗,军事秘密,说出去,先把你"敲"了。

副官,于掌柜慌慌地向徐副官说着。不是我不厚道,这几年副官对我有照顾,我不能不帮忙。可是,副官放在我这儿的都是军需品,粮食,布匹,医药……

闭嘴吧你,现在是什么时候,你还说这些。

徐副官着急地呵斥着,暗示于掌柜身边这个小伙子不是自己人。

副官,我明白你的想法,等打完仗,脱下老虎皮,你做生意,开米面庄,这些就是现货。当初我就知道,这些都是你从军需库倒腾出来的,咱们说好,至多二十天,这若是被你们军长司令知道了,不光你私吞军需有罪,我也逃不脱私藏军需的罪名,东西拉走了和我没有关系,没收了我的房产,没收了我的钱财,可是断了我的生路了。

"你唠叨个什么呀,和你明说,我是买旧衣服来的。"徐副官凶凶地骂着。

不是我唠叨,徐副官,眼前的情形可是不同一般,就算你们队伍上发现不了,可是饿疯了的百姓正四处抢粮,别以为你这些东西都是夜里偷偷运来的,没有不透风的墙,警备司令部有告示,囤积粮食者,一律就地正法,到那时可就要吃不了兜着走了。

你放心,过不去三两天了,快去给我找旧衣服。

旧衣服,早被队伍上的人搜光了,闯进门来,横着大枪,什么贵重的东西也不要,就是搜旧衣服,破棉裤,破棉袄,连我从老家带来的一顶旧毡帽都抢走了,你说,队伍上的人,有军装,要这些破烂有啥用呀。

我没时间和你废话,快拿衣服出来。

后面还有两个看货栈的伙计,我问问他们。你可别去,他们看见队伍上的人来买旧衣服,狮子大开口,几十块银圆呀。

徐副官向于掌柜说,要三套旧衣服。

我有一套就够了。洪必胜抢着说。

三套。

唉,于掌柜叹息一声,将徐副官留在前面,带着洪必胜向后面走去了。

路上于掌柜对洪必胜说,这个副官,可他娘不是东西了,几年前就倒腾军用物资,放在我这儿,那时进得快,出得也快,倒腾几次,就是几万块大头,我也没少赚,只是现在不行了,不是我不厚道,时局紧呀,眼看着八路军来了,我窝藏军需,把我当俘虏带走,房子没收,生意没收,我还有一大家子人呢。

若说呢,谁也得给自己想想后路,过不了几天,八路军就要到了,到那时大家一起当俘虏,放出来,不得做点生意吗,徐副官精明,趁着天下大乱,把军需品藏起来,到时候拉出来立马就是一家好商号,只是,我对徐副官说了,你胆子也太大了,万一调防,粮草先行,到时候军长一查,军需库空了,瞧不拿你问罪。只是,这天底下的事,胆子小了就没有饭吃,徐副官说,都到这时候了,还调的什么防呀。

　　"嗖"一声,一颗炮弹从头上飞过去。

　　于掌柜惊魂未定。

4

中午，徐副官带着洪必胜回到司令部，洪必胜将三套旧衣服都套在身上，滚圆滚圆。徐副官说，不能带出买旧衣服的神色，要大摇大摆地走，神色要镇定。

走进余军长办公室门外，喊声"报告"，里面没有回应，徐副官拉开办公室房门，径直走进去，办公室里空荡荡，余军长不在。

徐副官回来了。说话的是军长太太。

咦，您怎么到这儿来了？徐副官吃惊地问着。

吴司令说外面已经炮火连天，让我们到司令部避几天。

军长呢？徐副官问着。

军长到吴家坟战区去了。

哎呀，那儿有人坚守呀。

吴家坟战事吃紧，原来坚守那里的队伍支持不住，吴司令派余军长去镇守吴家坟。吴司令说，只要守住吴家坟，战事就可能出现转机。

哎呀，都什么时候了，还调防！

军长说，让你往吴家坟战区挂电话，军长等你呢。

余军长临危受命，调防吴家坟战区，共军集中兵力向吴家坟战区发动强攻，原来吴家坟战区的军长投降了，吴司令紧急调兵遣将，把最强兵力调到689战区，吴奇功忌讳这个吴家坟，余军长受吴司令厚爱，飞机只有四个座位，他没告诉任何人，只告诉余军长，只怪余军长运气不好，路上被炮弹耽误了时间，没赶上，到底也是一片情义。

别人守不住吴家坟，余军长责无旁贷，自告奋勇，拉着队伍到吴家坟去了，临走时吴司令向余军长说，守住689战区，就能转变战机，就能进入反攻，就能改变中国命运，就能保住党国天下，就有享不完的福，就有荣华富贵。

司令放心，有我余九成在，就有689战区。

咱们打一场"斯大林格勒"。

出发！

临走前，吴司令关照，家属在外面不平安，司令部有地下室，把太太女儿接来，委屈些住在地下室，绝对平安。

余军长去镇守吴家坟，绝对是报答吴奇功对他的一片情义。队伍上不讲情义，老蒋对他的哥们儿，也是翻脸不认人，只是，危难时刻见真情，元首给空军命令，最后一班飞机留四个位置，吴奇功自己家属两个位置，另两个留给了余军长,绝对一番情义了,就为了这番情义,危难之时,共军向吴家坟发起猛烈进攻,几个军长吓得屁滚尿流,只有余军长挺身而出,自告奋勇要求镇守吴家坟,打完仗之后,吴司令能不报答余军长的解困之恩吗?

徐副官到吴家坟战区去了,临行前军长太太千嘱咐万嘱咐到时候一定照看好余军长,别让他玩什么以身殉国的游戏。老天保佑吧,我们没干伤天害理的事。

警备司令部地下室坚如磐石,什么炮弹也穿不透,只听外面隆隆的炮声,地下室里一点儿感觉也没有,战争打到这个份上,也没有公文好抄了,想把洪必胜放走,他也没有地方好去了,军长太太积德行善,把洪必胜一起带到地下室,等着吧,等着战机扭转,大家再一起出去。

军长太太胃口不好,抱着个暖水袋龇牙咧嘴地一副疼痛难忍的样子,坐在大沙发上祷告老天爷保佑她的丈夫平安。余小铃心里慌慌乱乱,外面响一声大炮,她打一个哆嗦,样子很是可怜。洪必胜不关心战局,只闭目养神,一副自在神色。

喂,洪必胜。

余小铃轻轻地凑到洪必胜身边,小声地和他说话。

洪必胜睁开眼睛,看了余小铃一眼。

"说,你到底是不是共产党?"余小铃还是她那一段事。

一个穷学生。谈的什么共产党呀？

穷，才共产党了。

明说了吧，我真的不是共产党，我明白你和军长怀疑我是共产党的原因，因为我的名字犯忌，洪必胜，红的，必定胜利。可是，你们一再追问我是不是共产党做什么？

哎呀，连这么点道理你还看不清吗？你是真糊涂还是装糊涂，到了找退路的时候了，妈妈让我告诉你，我老爸可是一生没做过一件坏事，他虽然也是黄埔出身，可是没杀过人，没和共产党做过对，让他带兵，那是命令，黄埔出身都得带兵。我们没贪过不义之财，上飞机时让你抱的那个重箱子，是母亲出嫁时的陪嫁，母亲的爹爹是前清的大臣，家里金银财宝无数，我老爸没私吞一分钱公款。民国腐败，大官小官一起贪，我老爸可是一个干净人，共产党来了，就算你不是共产党，共产党相信你是穷学生，你得向共产党说清楚我老爸的情形。他和那帮王八蛋不一样。

哎呀，你说这些干什么，军长去镇守吴家坟，不是就要扭转战机，反攻突围了吗？

鬼才相信这套鬼话，我老爸早就说过，在共产党围城之前就说过，完了，没指望了，国家毁在这帮王八蛋手里了。国民党不亡没有天理了。只是，老爸是个军人，军人的天职就是服从，老蒋不说完，谁敢说完呀？围城之前，共产党邀请吴奇功派人出城谈判，谈判带回来共产党的条件，无条件投降，吴奇功把共产党的条件向军长们宣布，询问大家意见，其实人人都盼着投降，可是谁也不敢说出来。你明白吗，这就是军队。

唉。洪必胜只能叹息。

连吴奇功也不相信还会有什么转机，于是他将老婆孩子都送走了，只他一个人，老骨头也不值钱了，落个殉国的美名，给老婆孩子留一碗烈士饭，他也死得值了。

唉。洪必胜又叹息了一声。

我说，除了唉声叹气之外，你还会说人话吗？

唉。洪必胜第三次叹息了一声。

你说，咱怎么办呢？你还记得咱们威尼斯合唱团唱的那首歌吗？山那边呀好地方，一片稻田忙又忙，大家唱歌来种地呀，高粱谷子堆满仓。真有那样的地方吗？大家唱歌来种地，种地就这样快乐吗？还有读书呢，学校还开门吗，还让咱们读书吗，你数学这样好，还能考大学吗？我倒无所谓，本来也不是读书的料，到时候我去做工，我才不当国民党战俘的家属呢。我和国民党没有关系，一群草包、流氓、坏蛋。

电话铃响，军长太太接过电话，情深地唤了一声"九成"，明明是从吴家坟打来的电话。

电话里，军长太太不便和丈夫说知心话，只关心地询问那里的情况。

余军长告诉太太说，共军向这里已经发动了几次强攻，都被余军长挡住了。原来坚守这里的队伍，早就被打散了，吴司令没有办法，才调他最相信的队伍上去。唉，一群王八蛋，还是那个专业军事词汇，什么队伍呀，一半的空额，一听炮响就拉裤，整个一个团，拉上去，不是端着枪拉上去的，是横举着枪上去的，知道横着举枪是什么意思吗？自己想去吧。

放下电话，军长太太给自己冲了一杯咖啡，端着热热的咖啡杯，军长太太在地下室踱来踱去，脸上几乎没有表情，只是暗自叹息。

"复习复习功课吧。"军长太太对女儿说。

余小铃倒是个知道努力的孩子，从小洋楼搬到司令部，随身带来了课本。

灯下，余小铃打开课本，凑到灯下演习算数。

"妈，Sin 怎么怎么……"余小铃向母亲询问一道数学题。

出乎意料，洪必胜看看军长太太，没想到，这位太太居然还可以指导女儿学习高等几何。

军长太太凑到女儿身边，看看课本，一句一句地给女儿讲解几何难题。

我可不是外面传说的那种官太太,我本名叫苏宁儿,金陵女子大学,算不得是高材生吧,也不是那种混日子的阔小姐,你以为官太太都是舞女、妓女、歌女、戏子?至少我不是,我不会搓麻将,不喜欢跳舞,我丈夫也不喜欢那些下流游戏,他是个正派人,一心研究军事,追随元首想做一番强国富民的大事业。你以为当官的都是贪污受贿的坏人吗?坏人有,也不少,至少我们不是。天下沦落到这等地步,罪责不在我们身上,平时她父亲说到当今世道腐败,真是咬牙切齿。唉,千不该,万不该,我不该跟他到北方来,也怪我,喜欢溜冰,说北方冬天冰场开放两个月,南京哪里有这样的好地方呀。来的时候,抗日战争刚胜利,那时候年轻人做着强国美梦,以为一个强大的中国就要出现在世界上了。谁想到,没过多少日子,就一天不如一天了,贪官搜刮,百姓民不聊生,特务横行,政治腐败,坏人当道,唉,先汉之所以兴,近君子而远小人;后汉之所以衰,近小人远君子。我不懂政治,只知道,老蒋被一帮王八蛋包围了。

　　听军长太太一席话,洪必胜大吃一惊,万万没有想到,这位官太太居然是南京金陵女子大学的高材生,而且很有思想,很有见地,对于亡国亡党,惋惜不已。至少她说她和她丈夫没有做下对不起党国的坏事。谁也没做坏事,天下怎么就完蛋了呢?

"轰"地一声炮响,每到洪必胜想不通什么道理的时候,一定有一声炮声打断他的思绪,也算是画了个句号,把一个无法终结的思绪硬邦邦地中断了。

　　已经是入夜十二点钟了,地下室里谁也没有入睡,余小铃抱着书本打盹儿,样子十分好看。洪必胜精精神神地倚在沙发背上闭目养神,只盘算打完仗去哪里找饭辙,别管谁来了,总要填饱肚子呀,这个肚子实在太可恶了,人若是没有肚子,该是何等的轻松。

　　远处密集的炮声似是变得稀疏了,地下室里更显安静,军长太太抱着一本书读得正起劲,不时看看电话,似是等丈夫的消息,电话无情,就是呆呆地躺在桌子上,没有一点反应。

　　咚咚咚。

　　响起轻轻的敲门声。

　　军长太太起身走向门去。

　　"嫂夫人,还没有休息吧?"是吴奇功的声音。

　　哎哟,吴司令,这么晚了,您还没有休息,战事再紧,也要睡一会儿呀。

　　军长太太拉开房门,请吴奇功进来。

　　好消息,好消息。

　　吴奇功一脚迈进地下室,另一只脚还在门外,便大声地向军长太太说了起来。

余军长真是智勇过人呀,才驻进689战区,一举就拦阻了共军的大举进攻,共军向689战区发起进攻,至少发下来上万人,还有坦克助攻,余军长沉着指挥,两个小时,就把共军上万人打退了,好消息,好消息。

吴奇功说得眉飞色舞,高兴得几乎手舞足蹈,自从共军围城以来,还从来没有打过胜仗。

只要我们能坚持四十天,战局就会发生根本转变。

吴奇功还是相信他的估计。

军长太太给吴奇功泡了一杯热咖啡,请吴奇功坐下,两个人说起了家常。

唉。吴奇功也是叹息了一声。

倒霉调,军人若是唉声叹气,天下就没有指望了,自从洪必胜来到警备区司令部,他听到最多的声音,就是这个倒霉的"唉"。

我早就对老蒋说过,天下不能这样毁,眼看着贪官横行,眼看着欺上瞒下,眼看着阳奉阴违,各据一方天下,各据一方兵马,谁也不听指挥,谁也不服领导,没有人管民生,没有人问百姓死活,坏人当道,忠臣受气,天下不亡也就实无天理了,只是老蒋听不进去,你不能光指望几个军人维持天下呀,只等着到时候几个军人出来给你保天下,晚了,晚了,早明白一天,何至于沦落到这等地步。

吴奇功感叹地说着,突然转回头来,向坐在角落里的洪必胜看了一眼。

余军长还说你是共产党呢。

洪必胜吓得全身哆嗦了一下,慌忙站起来,一时不知道说什么话,只呆呆地看着吴奇功。

"九成开玩笑的,只因为他的名字……"军长太太向吴奇功解释着说。

你老爸有学问呀, 他怎么从多少年前就看出来红的必胜呢?

吴奇功还是看着洪必胜,洪必胜不敢应声,心里暗自咒骂自己的倒霉名字,幸亏这几位将军襟怀海量,真遇见较真儿的混球,自己的小命说不定早就保不住了呢。

学生,你是局外人,你来说说,这党国的天下还有指望吗?

洪必胜更不敢说话了,说党国盛世,明摆着骂人;说党国将亡,你动摇军心;不说话,总不至于杀头吧,世上哪里有因为不说话杀头的先例。

你随便说吧, 这地下室也没有外人, 我身上也没带手枪,童言无忌,你随便说。

司令让你说,你就随便说吧。

洪必胜还是不说话,他只盼现在有颗炮弹落下来,司令跑出去观察军情,他也就解脱了。

偏偏这时候就是没有炮弹,外面静静的,没有一点声音,地下室里只有墙角里的英式座钟滴答滴答地响着。洪必胜站在墙角里低着头,看也不敢看吴奇功一眼。

你呀你呀,小滑头,你们学校里不是很多人唱"山那边好地方"吗?"山那边"就要来了,民主也要来了,自由也要来了,平等也要来了,你们梦想的一切都要一起来了。好吧,小滑头,你说说党国为什么失天下?

洪必胜被逼得无法躲避,只得嗫嗫嚅嚅地小声说着:"我不懂政治,不懂军事……"

哎呀,谁要你懂政治,懂军事呀。懂政治的人多啦,还不全在那里昧着良心说谎话,一个主义,一个政党,一个国家,一个领袖,一个,一个,一个够用吗?就说吃饭,你说应该吃馒头,我说应该吃米饭,为什么主张吃馒头的人就一定要把主张吃米饭的人掐死呢?懂军事,我就懂军事,我在德国研究运动战两年,战后又去苏俄考察自卫反击战,早在徐蚌大战打响之前(国民党军方称淮海战役为徐蚌大战),我就开始修筑工事。你看看我的工事,就说689战区,纵深四百米,鹿砦,铁丝网,护城河,地雷带,最后才是战壕,暗堡。地下藏着足够三个月的军需。可是呢,共军方面就是小米加步枪,前面一个师的队伍移动,后面十万小车送军粮,送棉衣,大姑娘,小媳妇组成担架队,唱着歌跟在后面,连八十岁的乡下老婆婆都坐在树荫下纳鞋底,战争有这样打的吗?

吴奇功说得好不激动,他时而挥臂,时而扬头,活赛是他面前站着千军万马,活赛平时他向军长们训话,只可怜现在地下室里只有军长太太,只有余小铃,还有一个不是共产党的共产党,洪必胜。

景象真是悲惨,一个王朝的崩溃原来如此悲壮。看着吴奇功激动的神色,军长太太眼圈儿都微微地红了,余小铃更是强抿着嘴唇不敢笑出声,洪必胜倒是可怜这些戎马一生的军人,他们在妄自尊大的虚妄中生存多年,相信只要手里的枪不丢,就能天下太平,更坚信凭借个人力量可以扭转局势,他们相信奇迹,相信,相信,直到什么也不值得相信了,他们还是相信。

"来,学生,咱们做个游戏,我做两个阄,一个阄里写个'共'字,一个阄里写'国'字,你来抓,咱们……"

哎哟,真应该落个炮弹了,再不落炮弹,洪必胜就尿裤了。

"报告!"突然,门外传来"报告"的喊声,什么紧急军事情报,找到这个地方,吴奇功也是惊弓之鸟了,几乎是跳起来,向地下室的房门跑了过来。

吴奇功拉开房门，一位副官走了进来。

"报告。"副官立正敬礼，向吴奇功报告着。

城里百姓骚乱，几十家米面铺遭抢，局势无法控制，宪兵请示，要不要弹压。

混蛋，都什么时候了，还惹老百姓，传我的命令，宪兵只管巡逻，抓逃兵，百姓行为不得干涉，那些囤积粮食的奸商，由百姓处置，看着点，别出人命，什么奸商不奸商呀，这时候，是个喘气的，就别惹！

说着，吴奇功向地下室外面走去，军长太太看着吴奇功的背影抽了下鼻子，信手拿起一件棉衣，就是刚才洪必胜上街买来的旧衣服，追上去，给吴奇功披在身上，"外面风大，暖气也停了。"

"轰"，一颗炮弹落下来，哎呀，这炮弹真是迟到了也。

5

　　徐副官从吴家坟回来了。不是人模狗样从吴家坟回来的，是由宪兵押着，两只手被小绳儿绑在背后送回来的。没戴军帽，肩章也被撕下来了，没结风纪扣，就这样被押回来了。

　　"我毙了你！"吴奇功大怒，冲着徐副官大声喊叫。

　　我有罪，我有罪。

　　你还知道有罪？

　　司令饶命，我有罪，我有罪。

　　你有什么罪？

　　吴奇功怒不可遏，摇着手枪，冲着蹲在墙角里的徐副官喊着。

　　军长太太，你向司令求个人情，我有罪，我有罪。只要司令饶我一条狗命，我立即把军需拉回来。

　　你拉回个屁！吴奇功还是恶声地喊着。

　　百姓抢粮食，卖粮的米面铺里空空如也，砸破门窗，闯进去,里面什么也没有,找不到粮食的百姓真是疯了,也不怎么一下子,百姓们发现一个大陆货栈,砸开砖墙闯进货栈,里面满都是米面粮食,百姓疯了,一会儿时间就将粮食抢光了,抢光了粮食,百姓还不解气,一哄而上,把货栈掌柜拉出来,上千人围过来拳打脚踢,货栈掌柜跪地上求饶,正好遇见巡逻的宪兵,宪兵怕出人命,轰开百姓,将货栈掌柜带到警备司令部来了。

于掌柜胆小,送往警备司令部的路上,就把徐副官在他那儿存军需的经过,原原本本地全秃噜出来了。

将于掌柜送到警备司令部,宪兵请示,不法奸商勾结内奸盗卖军需,是就地正法,还是交法庭?

军事法庭早没了。

吴奇功叫通吴家坟电话,余军长,余军长。

余军长也正在向司令部要电话,吴司令,吴司令,我奉你的命令进驻吴家坟,你也太不厚道了,对我说吴家坟存着三个月的军需,到军需处一看,空空的库房,什么也没有,粮食早调光了,今天晚上弟兄们就要挨饿,百姓都跑光了,抢粮都来不及呀,军需,军需,你马上给我调粮食,饿肚子打不了仗。

你还找我要粮食,问问你的徐副官,他把粮食藏到哪儿去了。

徐副官蹲在墙角里全身打哆嗦，我如实禀报，粮食是我偷偷运出去了，藏在大陆货栈，我想打完仗，开个米面铺，司令饶我一条狗命，我全说，全说，我不光偷出了吴家坟的军需，我还还……一口气，徐副官把他偷出去的军需全都"吐露"出来了。

本来嘛，徐副官这样的人，知道干什么事要挨枪毙，事情一天没暴露，一天正人君子，人五人六，事情暴露，当即全部承认，主动坦白，连你不知道的事情都如实交代，先争取个好态度。再举报别人，立功表现，至少不至于挨枪毙。

古往今来，做坏事，耍的都是这套拳脚。

你说什么也没用了，这场战争就输在你手里了，今天晚上吴家坟怎么办，弟兄们吃不上饭，怎么打仗，饿肚子反击呀，斯大林格勒，苏俄弟兄们是吃饱了面包上阵的。

我毙了你。

军长太太。

吴奇功向军长太太解释，我知道徐副官追随余军长多年，是余军长的心腹，打狗看主子，不是我不讲情面，他误了我的大事，吴家坟战区保不住了，我吴奇功一番心血白费了。不杀这个畜牲不解我的心头之恨。

电话。

电话，吴家坟要军需，要粮食，弟兄们一天没吃饭了。

吴奇功向什么地方喊叫,立即调吴家坟军粮,火速调运,不要粮食,要大饼,听见没有,半小时之内,大饼不能送到吴家坟,你提脑袋瓜子来见我。

是是是。

路炸断了,军车过不去。

立即,立即。吴奇功冲着电话喊叫,满头大汗,粗脖子红脸,不像是警备司令,像个卖白菜的,大白菜咧!

轰,炮弹落到警备司令部大院里,嗒嗒嗒,机关枪。

怎么,机关枪枪声都传过来了?

接通于士儒的电话。

吴奇功灵机一动,想起了一个名字,于士儒。

于士儒什么人,天津市长。当初举着小白旗出城和共产党谈判,首席谈判代表就是于士儒,谈判中共产党没提什么太刁、太苛刻的条件,非常简单,就是无条件投降。于士儒和吴奇功通话,吴奇功大怒,共产党太不给面子了,吴奇功说,一辈子行武,最后在共产党面前做败将,死不瞑目。共产党听于士儒的条件,于士儒拿出吴奇功预先交代的条件:一,放出通往海口的通道,让守军主要人员撤出;二,不得攻打机场,允许飞机起飞。反正就是一句话,放他们几个人跑。

谈判失败,于士儒回来,吴奇功向于士儒保证,共产党打不进来,还是那贴狗皮膏药,坚守四十天,打一场斯大林格勒。

于士儒如何说的?

前面说过了,于士儒说,妄自尊大和刚愎自用构筑起来的固若金汤,最后必将毁于妄自尊大和刚愎自用。

士儒,士儒,市座,市座,吴家坟吃紧,断了军需,无论如何,一千斤大饼要送到前线,马上,一个小时之内,过一会儿天黑下来,共产党又要发动强攻了。

总司令,你找错人了,于士儒确实是我,只是我已经不是市座了,识时务者为俊杰,一小时前,我已经将市长一职交给了一位副手,城市不能没有市长,无论谁来了也得有个市长,于士儒被解放军定为战犯,换一个人将来向共产党办交接手续,枪炮无情,我不能再留在市政府了,共产党厚道,市政府大楼没落炮弹,只是我不能留在这儿了。留在这儿,市政府就是军事目标,我到你那里去吧,大饼我带去,一千斤没有,我只带自己的干粮,我知道,你那里也没有几天的军粮了。

吴家坟!吴家坟。

吴家坟电话叫不通了。

吴奇功手里的电话奔拉下来,蹲在墙角里的徐副官喘了一口气,司令,司令,吴家坟丢了,丢了。

哇！天呀。

军长太太顾不得尊贵风度，放声哭了起来，

九成，九成，你投降吧，你可不能殉国呀。这个国，咱不要了。九成，九成，你在哪儿呀！

爸爸。余小铃也哭出了声音。

吴司令听见军长太太哭声，轻轻走过来，安抚地对军长太太说道：“嫂夫人，请放心，请保持冷静，余军长身经百战，此时此际应该如何面对战局，他是知道的。电话里吴家坟没有声音，可能是电话线断了，现在派不出人去检查。警备区司令部绝对固若金汤，即使共产党攻进来，就在这地下室里，我们也能坚守几十天，战局一定会出现转机的。”

吴奇功，你别骗人了，什么转机，战局已经转机完了，转到共产党手里了，谁还相信你的鬼话，你们做的孽，却要我们去卖命，你自己怎么不去吴家坟，你派我们九成去吴家坟，就是让他去替你送命，你好狠毒呀。如今我也不怕你了，你手里不是有手枪吗，是男子汉，你冲着我打吧，吴奇功，我不怕你！

军长太太疯了，余小铃立即抱住母亲，连声地唤着：“妈，妈。”

吴奇功气馁地站在军长太太面前，既不敢动怒，也不知道应该如何劝解，就是站在军长太太面前，像只泄了气的气球,比洪必胜还不带劲。

"事到如今,大家都不要怪罪什么了。我吴奇功没做过伤天害理的事,我上对得起国父,下对得起元首,身边对得起朋友,更对得起追随我多年的弟兄。我对得起,对得起……"说着,吴奇功突然抡起拳头狠狠地捶打自己的胸口,嗵嗵嗵,真够"瓷实"的,活赛是敲铁板,一点儿也不带空音。

余小铃懂事,看吴奇功悲痛的样子,放开母亲走到吴奇功面前,拦住吴奇功捶打自己的拳头,连声地说着:"吴伯伯,您别介意母亲气头儿上说的话,我们一家对吴伯伯一直是敬重的。"

哗。吴奇功眼泪似山洪一般淌了下来。

悲夫也哉。

军长夫人,吴司令对余军长的真诚友谊我是看到了的,吴家坟失守,更不是余军长的过失。共军打仗,我是看到过的,洪水一般冲过来,什么枪林弹雨,抵挡不住呀。

说话的是徐副官,蹲在墙角里,托着下巴,眼睛向上瞧着吴奇功,向吴奇功讨好。

"闭上你的嘴!"吴奇功一腔怒火正没处发泄,冲着徐副官骂了起来,"等我了理完这儿的事,把你拉出去,毙了你,我一辈子没下过手,今天就在你身上放下屠刀了,姓徐的,你坏了我的大事！"吴奇功骂着,还狠劲地跺着双脚,他是气急了。

"轰轰"两颗炮弹,似是落在警备司令部大院里了,地下室剧烈地晃了一下,电灯突然眨了一下眼,"唰"地一下,一片黑暗吞噬了地下室,断电了。

警备司令部单独有发电机,就是准备在市区断电的时候自己发电的,一定是共产党的大炮打中了警备区的发电机变电室,发电机停转,司令部陷入一片黑暗。

啊。

地下室里一片惊慌。

镇静,镇静。

吴奇功大声地喊着,依然挺身站着,手里提着手枪。黑暗中只看见吴奇功的一双眼睛炯炯发光,活赛是鬼火。

司令,我去看看。

抢着说话的又是徐副官。

老实蹲在那儿,动一动,就在这儿我敲了你,别以为黑,我看不清你,我受过专门训练,再黑,也能看清地上的蚂蚁。

地下室里安静了下来。

"呼啦啦",楼上的副官们涌进了地下室。

院里落炮弹了,变电室没了。

别喊,别喊！严肃,严肃！

报告司令。

别报告了,有话你就说吧。

我听见机关枪的声音了,共军最远不会远在一里之外了。

报告司令,所有战区的电话都断了。

行了行了,就闭上你们的狗嘴吧。

地下室里挤下了三四十人,全是警备区司令部的高级军事人员、军事专家,更是难得的军事人才,如今,都是庸才了,一个个缩成一团,上牙磕下牙,咯咯咯地打哆嗦。

大家把武器拿出来,这时候带武器没有用了。

吴奇功向他的下属发出最后的命令,也许他知道,这时候武器只可能导致恶性事件,有仇的报仇,有冤的报冤,不成功便成仁的,正是殉国的时机。过一会儿共产党攻进来,带着武器就是反抗到底的罪证。吴奇功到底受过专业训练,他知道军人的武器到什么时候就是累赘了。

黑暗中,一个个把手枪拿出来,走到吴奇功面前,放在一张大案子上,只有洪必胜没有武器,他还倚墙站着,突然觉得有人挤过来,贴在了自己身边,不必转头细看,洪必胜知道一定是余小铃。

我怕。一只冷冷的手握住了洪必胜的大手。

哎呀,后来洪必胜向我们回忆那一晚上的经历时,大家都说洪必胜你小子真是有福,这么多年同学,我们只看着余小铃细细长长的小手想入非非，连我也就是在给余小铃送作业的时候,蹭蹭人家的手心儿,有时候在外面遇到,也想握手,只是人家不伸手,洪必胜,你小子真有福气呀。

我怕。

余小铃说话的声音已经被泪水浸湿了，拉过洪必胜的胳膊搂住自己,一阵一阵地哆嗦。

小铃,别怕,没有我们的事。

洪必胜嘴上这样说着,心里想,倒霉事算让我遇到了,年纪轻轻就做了这帮王八蛋的陪葬品,解放军一阵大炮,把这些人都捂在地下室里,多少年之后挖出来,一堆骨头,谁分辨得出哪个是学生,哪个是王八蛋呀。

地下室的大门"吱扭"一声,被人从外面推开了,通红的炮火映照出门外站着一个人影,地下室里面的副官们以为解放军攻进来了，有人已经举起了双手，做出最后英烈模样,再一看,不像是解放军,一个老头,颤颤巍巍,扶着门,奇功,奇功,奇功在这里吗?

哎哟,于士儒,市座。

吴奇功一步迎过去,士儒,你怎么来了。

完了,完了,解放军打进来了。

于士儒哆哆嗦嗦地说着,吴奇功将于士儒扶进地下室,黑暗中拉过一把椅子,请于士儒坐下。

奇功,奇功,识时务者为俊杰,完了,完了,放弃抵抗出去投诚吧,解放军进来了。

你是怎么找到这儿来的?

我交出图章,就得搬出市府大楼呀,解放军将我列为战犯,解放军进来就不和市府打交道,职员们逼着我出来,还有人喊"于士儒滚出去",唉,此一时彼一时,脱毛的凤凰不如鸡,完了,完了。解放军不费吹灰之力,就越过了吴家坟,前几次余军长打退解放军的强攻,人家那是火力侦察,侦察清楚了,是吴家坟老百姓带着解放军绕过防线从背后包抄过来的,没发动正面进攻,没有运动战,可能就是几百人,余军长精锐部队就全军覆没了,奇功,奇功,兵败如山倒呀,这就是军事真理。

士儒,士儒,是我连累了你,直到现在,我仍然认为我在天津构筑的工事固若金汤,只是,这一仗打得不规矩,规规矩矩打运动战,共产党不是我的对手,当然,我们内部有草包,有败类,战事就失败在这些草包败类的身上。

我,我,我对不起吴司令呀!

蹲在墙角里的徐副官又喊了起来。

你也配说对不起!别以为共产党马上就要攻进来了,在我被共产党活捉之前,我先把你送走。

吴奇功还是恶狠狠地向徐副官骂着。

怎么一回事？于士儒不知道此中原因。

如此如此，这般这般，吴奇功把徐副官做下的恶事，简简单单向于士儒述说了一遍，战事就是被他出卖了，我在吴家坟储备的军用物资绝对可以坚守三个月，可是军队拉上去，打开军需库，里面一无所有，东西早被他偷光了。弟兄们吃不上饭，饿得在战壕里爬不出来，共军喊话，国民党军队弟兄们，你们别替帝国主义走狗卖命当炮灰了，呼啦啦馒头大饼扔过来，弟兄们抢馒头，抢大饼，共军就攻上来了，还用得着放枪吗？这样的败类，我岂能容他。

唉，算了吧，事到如今就不结这个怨了。

于士儒劝解地说着。

"轰轰轰"，"哒哒哒"，炮声枪声越来越近了。

我不是替党国铲除这个败类，党国的败类太多了，我是替共产党除这个败类，共产党把他俘虏过去，一番甜言蜜语，摇身一变，他又能混上个小差事，一朝权到手，他就不干好事，误了党国的大事，无所谓了，来日误了共产党的大事，我就更对不起共产党了。

吴奇功气得狠狠地跺脚，他真要在最后时刻做点缺德事了。

吴司令！

突然，徐副官几乎是跳了起来，凑向吴奇功身边大声地要说什么话，你，你，你，你饶了我一条命，我我我……

"轰"，一颗炮弹落在警备司令部大院里，一声爆炸，地下室东摇西晃，黑暗的地下室闯进来一片火光，吴奇功、于士儒被震到墙角里，军长太太趴在地上，余小铃拉着洪必胜倒在地上，身子钻到洪必胜身子下面，洪必胜捂着耳朵，死到临头之时，希望最后保住一双完整的耳朵。

炮声戛然而止，一阵耳鸣，再也听不见任何声音，火光中，人们就看见吴奇功一把揪住徐副官，大声地叫了一声，"走！"声音未落，吴奇功拉着徐副官闯出地下室，又一颗炮弹落下，一片火光中，人们看见两个人影消失了。

哒哒哒，一阵密集的机关枪声，地下室房门吱扭吱扭地摆来摆去，枪声似是骤然停住了。

"缴枪不杀！"

一声大喊，一股强光照下来，不知道是多少人冲进地下室，更不知道是多少个枪口对准地下室的人们。缴枪不杀，解放军攻进来了。

完了，完了，不是末日到了，是新的一天开始了。

记不清大家是如何从地下室走出来的，洪必胜只看见军长太太捂着脸，把余小铃从洪必胜怀里拉过来，紧紧地抱着女儿,似是怕一阵风把女儿吹到天上去,反正洪必胜跟在最后,在枪口下走出了地下室。

警备司令部大院里的情形,谁也不顾不上看了,一片狼藉,不堪描述了,不像是人间,像是乱葬岗。原来无论多吓人的地方,一旦落下炮弹,就都一个模样了。洪必胜暗自笑了笑,哎呀,哎呀,这人间也太没意思了。

一杆大枪对着洪必胜。

什么名字?

洪必胜。

什么军职?

民夫。

老实交代,解放军优待俘虏。

我也配当俘虏?

走,无论你如何狡猾,到战犯管理所,就不信你不老实。

跟着司令军长还有市长一串人等,洪必胜登上了大汽车,钻过团团尘雾,最后到了杨柳青。洪必胜怎么认识杨柳青?杨柳青出年画,临街的墙壁上画着胖娃娃,喜笑颜开,似是笑汽车上这帮老爷们儿的孙子相,前一天还人五人六的呢,一会儿工夫就这份德性了。

6

在杨柳青临时收容所，洪必胜的经历带有幽默性质，一起俘虏的军事要员们，众口一词，洪必胜不是军人，他就是一个临时拉来抄公文的学生，没有任何背景，不是军统中统，不是国民党，没有军籍，没有官职，绝对是一个穷得没有饭吃的穷学生，卖工挖战壕，从工地上拉来抄公文，一个清白好青年。

但是，共产党是你们几个反革命糊弄得了的吗？

越是众口一词，越要问一个为什么。而且凡是敌人反对的，我们越要拥护；凡是敌人拥护的，我们越要反对。战犯们众口一词说洪必胜是好人，这就更证明洪必胜是个大大的坏蛋。

到底这个洪必胜是什么人呢？

一种分析，认为洪必胜一定是一个隐蔽得极深的反革命分子，可能就是蒋介石的亲信，说是儿子，不可能了，相貌上差得太远，老蒋尖下巴，洪必胜没下巴，嘴巴下边就是粗脖子,干过重力气活,而且,蒋介石一双眼睛炯炯有神,洪必胜一双眼睛瞎窟窿,没有一点遗传基因。就算不是亲儿子,干儿子可能吧,也玄,从调查来的材料看,洪必胜从生下来就在河北省正定老家干农活,只是这小子好学,他老爸又是小学校长,这才供应他来天津读中学。他压根儿没到过江西,没到过南京,更没见过老蒋,收认干儿子的可能不大。调查来调查去,最后来到学校调查我们一伙同学,才认定他不是战犯。

不是战犯就放人家走吧。当然,一天也不留。

洪必胜说里面的饭菜很不错。洪必胜说再等几天,也许还能调查来新材料。调查来新材料你也不是战犯,回学校吧,你也早该减肥了,瞧,杨柳青住了一个月,小肚子都出来了。

临走时,解放军发了洪必胜一套棉军装,一顶兔皮帽子,穿戴齐了,特英俊,配上洪必胜的憨厚容貌,喊一声"缴枪不杀",我肯定把书包扔给他。

临离开收容所前一天,洪必胜被请进了所长办公室。你呀,你呀,小青年,你真会和共产党开玩笑,你们天津有句话,叫逗你玩儿,合着你是和共产党逗着玩儿哩,走吧,回学校读书去,这里的情形不要对外面说,有人问战犯的情况,不要说出去,在外面看见当年警备司令部的人,要到有关部门检举:到现在原来的警备司令吴奇功还没有下落,活不见人,死不见尸,找不到吴奇功,解放天津的使命就没有完成。

最后一个晚上,洪必胜在干部食堂吃了一顿小米饭,豆腐土豆白菜,比临时收容所战犯们的饭菜差多了,但解放军战士吃得高兴,没一个人羡慕战犯们的饭菜。革命饭和给反革命们吃的饭菜是不一样的,洪必胜觉悟低,就知道肉香。

第二天早晨,洪必胜穿好棉军装,戴上兔皮帽子,正等吉普车送他回学校,突然收容所干部把洪必胜请到了办公室,今天再帮忙做点事,一会儿审查一个战犯,你做记录,他们说,你记录快,可以把说的话,一字不落地记下来。

洪必胜和干部一起坐下,门外战士喊了一声:"报告!"房门拉开,战士押着一个倒霉蛋走了进来。

洪必胜抬头一看,心里"噗嗤"一下险些笑出了声。

吴奇功。

这份德性了,穿一身破棉袄,洪必胜认出来了,就是徐副官带着自己去大陆货栈买来的那套破棉衣,怎么穿到他身上去了,自己被解放军押走的时候,也忘了去拿那套棉衣,就穿在吴奇功身上了。

吴奇功小心翼翼地站在解放军干部和洪必胜的对面,紧张得全身哆嗦,稳定半天,才缓过气来,稍稍地一抬头,吴奇功又打了一个哆嗦。

洪必胜先生,我早就看出你是共产党,幸会,幸会,兄弟向你投降来了。

洪必胜没出声,拿着钢笔,等着记录吴奇功的交代。

你叫什么名字?解放军干部向吴奇功问着。

吴奇功,天津警备区司令,就是你们要活捉的一号战犯,我今天投诚来了。

天津解放已经半个月了,你藏到哪里去了?

我交代,我交代。洪必胜同志可以证明,那时候他也在地下室里。

于士儒正为徐副官求情,徐副官站起来凑到吴奇功耳朵边上说了句什么话,头一句大家听到了,徐副官说:"吴司令,你饶我一条命吧,我我我……"下面还要说什么,一颗炮弹落在警备区大院里,人们一起被气浪冲得东倒西歪,然后就看见吴奇功拉着徐副官向地下室外面走去了。

徐副官对吴奇功说的第二句话,只有吴奇功一个人听到了。

徐副官说:"吴司令,你饶我一条狗命,我救你一条命。"

第二句话被爆炸声淹没了。

吴奇功看了徐副官一眼,"走!"他故意恶狠狠地喊着,怕人们看出他和徐副官之间的交易。

我带你逃命吧。

徐副官对吴奇功说着，当初警备区筑工事时，我留了一条地下通道，直通下水管道，从警备区下去，几百米，一直通到护城河，护城河出口地方有一堆乱石头，不会被人发现。地下管道狭窄，直径半米的水泥圆筒，要弯着腰走，抬起头来，碰着上边的水泥顶，撅起屁股，碰屁股，就得弯腰走，好在不远，几百米，半小时就过去了。没有办法，就算你是总司令，今天也得从这条路逃命。当初这条道，我是给余军长留的，如今余军长没回来，也许没有了，我把军长太太带出来，日后我还得养活她，你跟我走吧。

吴奇功什么话也没说，也没下命令，跟着徐副官从地下室出来，爬到地上，徐副官在前面引路，跑到警备区后院，后院里一个大煤堆，锅炉早就停了，煤没有烧完，烧锅炉的弟兄不见了，煤堆后面几块大石头，徐副官用力搬开一块大石头，石头后面出现一个黑洞，徐副官对吴司令说，你先等我一会儿，我去取点儿东西。

都这时候了，你还取什么东西呀。

不远处传来大枪声音。连大枪放枪的声音都听见了，解放军还远吗？

徐副官说，逃命总得带些东西，穿这身老虎皮，逃到哪里也要被抓回来，说着，徐副官跑得没了影。吴奇功还以为被他骗到后院来等解放军抓捕。几分钟时间，徐副官回来了，也不知道他抱了些什么东西，看着很重，呼哧呼哧地喘大气，拉着吴奇功一起钻到黑洞里面去了。

黑洞下面一个滑坡，先下的腿，屁股坐在滑坡上，一哧溜，滑下去落在没脚踝的脏水里，知道了，下水道。

下水道，圆圆的，要弯下腰向前跑，脚蹚着脏水，也顾不得臭了，逃命要紧，稍稍抬头，"咣"的一下，撞上下水道水泥顶，一低头，屁股撅起来，险些绊倒，唉，落到这般地步，什么党呀，什么国呀，就知道逃命了。

吴奇功在前，徐副官在后，吴奇功防备徐副官在后面陷害他，手里还提着手枪，不时回头，恶狠狠地对徐副官说，你小子有一点歪心，当心我手里提着枪呢。

徐副官说，司令，这时候我也别叫你司令了，奇功吧，到了这般时刻，谁还陷害谁呀，只要出口没堵上，咱两人就算逃出去了。逃出去怎么办？那就个人顾个人吧，告诉你，我徐某人厚道，救人救到底，给你点硬货，换点吃的，买条活路，往南走，走出天津，也许还能找到一条活路，往西走，买通渔家，也许从水路可以逃出去，至于我，你别管，我有的是办法。

说着，徐副官递过来一件棉衣，给你，换上吧，这是那天上街从大陆货栈伙计手里买来的，凑合着穿吧，命比什么都值钱,你看余军长太太放在地下室里的首饰黄金盒,在我这儿了,一条黄金,出去能换一块饼子,就认便宜了,我徐某人不贪财,出去分你点儿,你带上,逃命吧。

吴奇功前面匆匆走着,换上老棉袄,脚下蹚着污水,冷得上牙磕下牙。此时此刻吴奇功再不把自己当司令了,落到这般地步,就是一条狗钻进下水道,也是这个德性了。

吴奇功继续交代他逃命的经过。

我手里有枪,徐副官让我在前面走,他嘱咐我,即使解放军在护城河那里发现了下水道,单个人,可以自卫,人多了,就缴枪,交出手枪,放弃抵抗,总不至于在下水道里被解放军打死。

现在就剩一个心思,不死,只要活着,怎么都行。

弯着身子走在下水道里,活受罪,好在希望就在前面,几百米,半小时就到了。徐副官在后面对我说,前面出现亮光了,说明下水道洞口到了,注意,一定注意,距离下水道一米远的地方,他埋下了地雷,上上下下,左左右右,埋了一圈的地雷,踏上地雷,自然不可想象,身子歪一下,无论是侧面,还是顶部,都有地雷,当初,就是防备解放军从护城河摸过来的。好在地雷圈很狭,一步就迈过去了,只要小心,迈过地雷圈,就是出口了。

小心翼翼,吴奇功在前面走,徐副官抱着个重重的首饰盒跟在后面。

不是贪财呀,这时候金山银山都没有用了,只是想着出去能买条活路。走呀走呀,还说什么走呀,就是爬了,爬呀爬呀,终于看见一丝微微的亮光,出口就在眼前了。

注意! 徐副官在后面提醒着,一寸一寸地向前摸。徐副官说,当初他埋地雷时,有记号,管道上画了一条白线。看见了吗,仔细看,就是经过这么长时间,也留下了痕迹。吴奇功瞪圆了一双眼睛,黑暗中仔细辨认,发现了,下水道上有一道白线。对,那就是地雷线,不要怕,只要一步就迈过去了,注意别扶下水道内壁,别抬头,只要哪儿也别蹭着,就平安过去了,这条命,就逃出去了。

慢慢爬到地雷线,吴奇功站起来,小心翼翼,头不能顶着下水道顶端,身子不能挨着任何地方,抬腿,向前迈一大步,轻轻落脚,脚下没有动静,迈过来了,吴奇功出了一头大汗。祖上积下的荫德,吴奇功想起祖宗来了。

又向前走了几步,这次可以伸伸腰了,后面徐副官也迈了过来,抹着额上的大汗长长出了一口气。徐副官小声嘱咐吴奇功说,听听外面有声音没有。

护城河堤上没有声音,大部队已经攻进城里了,枪声也稀疏了,警备司令部没有了,几十天来难得的安静,好像世界不存在了。又是小心翼翼地推开下水道外面的乱石,一道强光投射进来,吓得吴奇功退了一步,天似是就要亮了,脑袋瓜子探出地面,没有人影,阿弥陀佛,逃出命来了。

奇功。徐副官在后面唤了一声。

吴奇功回过头去。

徐副官一身污泥,大花脸,只有一双小眼睛干干净净,一个活鬼。

吴奇功想,我也是这份德性吧,俯身捧起一捧水,冲在脸上,感觉轻松多了。

奇功,奇功,你手里的手枪还不扔掉。

哦,到底徐副官想得周到,这时候,手枪没有用了,只能是累赘,是证据,别看穿百姓破棉袄。百姓提着手枪做什么。

滚他的蛋去吧。

吴奇功抡起胳膊,"呼"的一声,把手枪扔到护城河里了。

徐副官还是不敢从下水道爬出来, 两个人坐在下水道出口稍稍休息,想着下一步怎么办。

分手吧。

吴奇功等着徐副官打开首饰匣。徐副官把首饰匣紧紧抱在怀里。

走吧,徐副官提示吴奇功快逃命。

吴奇功提示徐副官分给自己几件硬货。

你等我分你几件首饰,是不是?哈,你还想要首饰,滚你的蛋去吧,刚才你手里有枪,我不敢说什么,一回头,你敲了我,现在手枪扔河里,我不怕你了,姓吴的,我救你一条命,你来日报恩吧。

徐副官露出本来面目了。

我不贪财,只是想要点买路钱,首饰都是你的,你只要给我一两件,咱们就分手。

吴奇功几乎是央求地说着。

呸,你还想要首饰。这么多年,我忍气吞声,到了今天我还怕你呀?滚你的蛋吧。

突然徐副官挣扎着站起来,用力地向吴奇功扑了过来。吴奇功没有防备,只看见徐副官举着首饰盒向他砸下来,身子向旁边一闪,徐副官扑了个空,"呼"的一声,首饰盒掉地上了。

吴奇功知道此时此刻徐副官不会分给他首饰了,好吧,后会有期。

有个屁期!

徐副官恶狠狠地骂了一句,心头怒火未消,姓吴的,这么多年你骑在我肚子上发号施令,今天也得让我出出这口气了。

吴奇功防备徐副官下狠手,两腿站稳,一对拳头护住山门,准备和徐副官玩一把空手道。

不料,徐副官突然抬腿向吴奇功踢了过来,这一脚踢得吴奇功从下水道滚了出去,扑通一声,滚到了护城河里,河水一下子将吴奇功淹没了。吴奇功挣扎着才站起来,只看见徐副官那里似是踢人的时候用力过猛,身子剧烈地晃了一下,"地雷!"吴奇功喊了一声,才要过去把徐副官扶住,"轰",一声巨响,徐副官跌倒在下水道里,地雷爆炸,下水道塌了下来,一团烟雾,吴奇功再睁开眼,眼前的下水道已经坍塌下来,一堆乱石埋住了下水道的出口。

吴奇功没敢再看,一头钻到冰冷的护城河水里,顺着护城河逃出来了。

老天保佑,吴奇功躲在一处地窖里,地窖里有白菜、土豆、玉米,农民来地窖取粮食白菜,吴奇功躲到远处,农民出了地窖,吴奇功就啃生玉米。躲在地窖深处,吴奇功听地面上的农民们说,村里的一条狗,昨天不知道从什么地方叼来一条人的胳膊,解放军战士牵着狗找到护城河,在乱石后面扒出来一个下水道出口,已经塌了,扒开洞口,里面一个炸开花的尸体,穿的百姓衣服,分辨不清面貌了。

看到解放军严明的纪律,看到共产党为人民服务的精神,吴奇功无路可走,终于选择投案自首的道路,诚心接受共产党的惩处。

完了,完了,故事到这里就结束了。

只是还有些事情要做些交代,洪必胜高中毕业,以绝对优异成绩考上了北京名校,四年毕业后,被遣送回原籍,在街道存车处看自行车。

荒唐了,诬蔑吧,北京大学毕业,怎么会分配回原籍看自行车呢?

有一个关键词,你们忽略了,不是分配回原籍,是遣送回原籍。

就在洪必胜毕业那年,转来一份材料,清理南京军事档案,原天津警备区军人名单,总司令吴奇功,军长余九成,少校副官洪必胜。

我的天,立即对洪必胜隔离审查,百多人每天两次,每次两个小时,"坦白从宽,抗拒从严"的口号喊得震天价响,洪必胜就是不低头认罪,最后外调,那时候吴奇功和余九成已经得到特赦,也各自回原籍了。吴奇功军人风度,说,确有此事,怪不得孩子,是我吃的空额,孩子自己什么也不知道,我每月按少校待遇领军饷,孩子一分钱也没得到。

水落石出,一场虚惊,虚惊也不行,查无实据的事情,不能只相信吴奇功的旁证,万一洪必胜真是少校副官呢,事关红色江山,宁可信其有,不可信其无,取消学籍,不分配工作,回到原籍,街道给出路,去看自行车,每月35元生活费。

余九成被送到沈阳战犯管理所,余小铃的母亲也进了学习班,没有经济来源,怎么继续读书呀,还要感谢共产党,允许余小铃参加录工考试,早在1950年她就进了纺纱厂,做了一名挡车工,工资比我们都高,等到我们找到她的时候,已经四级工了。

唯一令人欣慰的是,最终,余小铃和洪必胜结婚,组成了一穷二白的幸福家庭。怎么一穷二白?洪必胜穷,余小铃皮肤白。更是可喜可贺,第二年他们生下了一个聪明可爱的宝宝,这孩子继承了他爹的遗传基因,爱写字。家里穷,买不起奶粉,母乳喂养,吃奶的时候,小嘴巴叼着他老妈的奶头,一只手在老妈另一只乳房上练习写字,余小铃说的,原以为小手指就是瞎抓挠,后来感觉出来了,三个月时写出来的两个字,就是林希老爷子爱用的那个关键词。

青春美丽

1

1949 年 1 月 15 日，天津被攻破。早在解放军进城前三天，下了好一场大雪，把个残破不堪的天津城，打扮得银装素裹，也算是分外妖娆了。

天津人私下议论，天助共产党，要是晚下这场大雪，国民党守军还能多坚持几天，青天白日旗还不至于降得这样快，国民党守军筑下的工事，也不会如此不堪一击。你瞧，时在隆冬，护城河冻成一层坚冰，解放军越过护城河，如履平地，前两天还刮了一场大风，冰面上落下一层厚厚的黄土，解放军攻进天津城，连鞋底儿都没湿，你说是不是天意。

清除掉国民党守军设下的路障，拆掉堆在马路中央的沙袋地堡，天津大街小巷立即一片繁华景象，解放军进城第二天下午，有名的三不管大街就游人如织，各家商号开始营业。天津大姑娘小媳妇走出家门，买针的买线的买花布的，生意立即兴隆起来。到了晚上，各家饭馆开张纳客，卖得最火的菜肴，是红烧鲤鱼。哎呀，自从大炮一响，市面上活鲤鱼没有了,天津人不吃鱼怎么活呀?今天军管会用大汽车从白洋淀运来活鲤鱼,红烧,一桌一条,可把饭馆老板乐坏了。

　　解放军进城第三天,坐落在天津城郊的南苑大学清除掉堆在校门外的沙袋地堡,校门大开,第一批返校的学生涌进学校,学校里又荡漾起青春的欢声笑语。经过一场战争,学校完好无损,同学们重新聚首,大家跳跃欢呼,立即,激进同学带头,找来锣鼓,一通敲敲打打,也不知从哪里找来了红丝绸,男女同学围在腰间,热热闹闹,一场大秧歌扭起来了。

　　"正月里来是新春,赶上了猪羊出呀了门,猪啊羊啊送到哪里去,送给咱英勇的八呀路军。嗨呀梅翠花,嗨呀海棠花,送给那英勇的八呀路军。"

　　就在同学们扭秧歌的时候,突然有人一声大喊:"解放军来了!"

　　锣鼓声停住,扭秧歌同学们站住,大家一齐向操场外面看去,果然,一位解放军战士从容地走了过来,解放军战士穿着黄绿色棉军装,头上戴着东北野战军的兔毛皮帽子,足蹬日本军用大皮靴,虽然没有佩带武器,但也绝对英武。同学们呼啦啦就向解放军战士跑过去,几个风流女学生喊着叫着:"欢迎解放军!""向解放军战士致敬!""庆祝天津解放!"

"解放军同志,你好!"南苑大学漂亮的美女学生们向解放军战士涌过去,几十只小嫩手一起抓住解放军战士的大粗手,热热乎乎地握在了一起。

"英勇的解放军战士,你们辛苦啦!"跟在后面的男学生们喊起了口号。

"你们,你们不认识我啦?"被众人围在中间的解放军英雄,呆呆地向大家问着。

"咦?"同学们呆了,"你不是刚进城的解放军战士吗?我们怎么会认识你呢?"

就在突然的冷寂瞬间,不知是哪位同学叫了一声:

"呀!高红烛!"

"文学院的那个高红烛。"老同学认出这位解放军战士了。

围在解放军战士身边的美女们散开,几位老同学围过来。哎呀,果然是南苑大学原来文学院三年级学生高红烛。

高红烛,文学院高材生。读书时曾在有名的文学刊物上发表过诗歌,南苑大学校长特意嘱托教务处,对高红烛同学要吃"偏饭",图书馆发给高红烛同学教授级的阅读证,他可以进入珍本库使用一切资源。如此得天独厚的待遇,使高红烛同学的学习成绩远远超过了一般学生。

自然,有人不服:给我那样的条件,我也不比他差。说对了,校长怎么没让图书馆发给你教授级的借书证呢?高红烛又不是校长的儿子,你老爸也没少给你交学费,校长没发你教授级的借书证,是怕你在珍本库里哼小曲,喝啤酒。

高红烛没有辜负校长的厚望,在学校里,高红烛什么活动也不参加,就是埋头读书,从来不多说话。1947年北京、天津的大学多热闹呀,几乎每天都有游行集会,学生们每天早晨第一句话,不是问今天去哪间教室,而是问今天去哪条街。

女学生们更说,高红烛三杠子压不出来一个屁。南苑大学美女学生花枝招展地在高红烛面前晃来晃去,高红烛连眼皮也不撩,气得美女学生们大骂高红烛,死样儿。

其实高红烛颇有来历,就连他能进赫赫有名的南苑大学,就是一段故事。

众所周知,南苑大学是一所国立大学,国民党时期,虽说是国立大学,一般人家的孩子也休想进大学,莫非高红烛家有点什么权势吗?

非也。

那么,高红烛是如何进了南苑大学的呢?

这里面有个故事。

高红烛中学毕业,因为家境困窘,没有报考大学。正好一家亲戚在天津开着一家书店,亲戚看高红烛这孩子可靠,博览群书,便将高红烛请到书店来帮助照看生意。

在书店里,高红烛既不是照看店面的伙计,也不是账房先生。老本家知道这孩子博学,而且喜爱文学,就让他操持书店的经营管理,譬如什么书好卖,最近学生们喜欢读哪位作家的小说呀,全让高红烛"拿主意"。

高红烛是一个有志向的青年,在书店里,他一面照看生意,更多的精力和时间还是用在自学上。高红烛喜爱文学,立志做一位诗人,他保存了几乎所有诗人的作品集,把许多诗歌名篇抄录在自己笔记本上,更有许多诗篇,他能够铭记在心,背诵如流。

一天,高红烛正在书库里查看存书,一位伙计走进来,急慌慌地对高红烛说:

"高先生,快出来看看吧,几个不讲理的学生,进门就喊着买蜡烛,我说我们书局不卖蜡烛,他们还喊有多少买多少。唉,这年月只有学生最不讲理。"

高红烛跟着伙计穿过庭院走进店铺,迎面正看见十几个胸前佩着南苑大学校徽的学生,一个个面色凝重,胳膊上还佩着黑纱,看得出来一定是他们最敬爱的老师,或者是校长去世了。

"我们高先生来了,你们买什么东西对他说吧。"书局伙计对学生们说着。

"我们买《红烛》。"一位学生对高红烛说。

心有灵犀,高红烛立即就明白了,他们要买闻一多先生的诗集《红烛》。

"唉,小店倒是进过几册《红烛》,可是已经卖出去了,我去书库看看,也许还能找到一册。"说着,高红烛返身要走,还没有走出店铺,就听见后面的学生愤愤地喊道:"杀了人,还查封书,法西斯!"

高红烛心中一跳,突然停住脚步,向学生们轻轻地询问:"这位同学,你说什么杀人?"

"掌柜,你只知道卖书赚钱,还不知道,闻一多先生在昆明被特务暗杀了。"

一下子,高红烛脑袋一阵晕眩,眼前一片漆黑,几乎跌倒在地,急忙扶住墙壁,努力站稳脚步,呆呆地站了好久,才看清楚眼前的景象。

"闻一多,新月派诗人,特务怎么杀他呢?"高红烛寻思着,向那位学生问道。

"李公朴教授遇害之后,闻先生万分愤怒,在李先生追悼会上,闻先生发表了痛斥国民党法西斯罪行的演说,才离开追悼会会场,早就埋伏在附近的特务向闻先生下了毒手。为悼念闻先生,抗议国民党法西斯特务统治,晚上我们学校举行诗歌朗诵会,朗诵闻先生的诗歌,可是跑遍了全城,也买不到闻先生的诗集……"一位同学声泪俱下地向高红烛述说了闻先生遇害的经过。

"怎么?闻一多先生被杀害了?"高红烛大声地向同学们问着。

"你看报。"说着,一位同学将一张报纸交到高红烛手里。

高红烛接过报纸,双手哆哆嗦嗦,像是接到一个大火球。在高红烛手里哆哆嗦嗦的报纸,醒目的大字标题,《闻一多先生于昆明惨遭杀害》。

高红烛懵了,在他的心里,这个世界变成了永远的黑暗。他心中的明灯熄灭了,而且,这盏明灯是被恶势力使用野蛮手段扼杀熄灭的。

"同学们,我酷爱闻一多先生的诗歌,我的名字就取自闻一多先生的诗篇《红烛》,闻一多先生的诗歌点燃了我生命的火种。特务暗杀闻先生,同学们举行诗歌朗诵会,我不仅全力支持,晚上我还要参加。买不到诗集不要紧,晚上我一定给大家送去,我们有石版印刷机,同学们,你们先回学校去做准备,我立即就去石版作坊。我不可能带去诗集全部62首诗歌,只能给大家带去其中最重要的诗《红烛》。"

"我们就要这首诗。"同学们齐声说着。

说着,高红烛小哥挺身站到众人面前,情不自禁地背诵起闻一多先生的著名诗篇《红烛》：

　　红烛啊！/这样红的烛！/诗人啊！/吐出你的心来比比，/可是一般颜色？

　　红烛啊！/是谁制的蜡——给你躯体？/是谁点的火——点着灵魂？/为何更须烧蜡成灰，/然后才放出光？/一误再误；/矛盾！冲突！/红烛啊！/不误，不误！

　　原是要"烧"出你的光来——/这正是自然的方法。/红烛啊！/既制了，便烧着！/烧罢！烧罢！/烧破世人的梦，烧沸世人的血——也救出他们的灵魂，/也捣破他们的监狱！/红烛啊！/你心火发光之期/正是泪流开始之日。

　　在失去诗人闻一多的时刻，背诵诗人闻一多美丽的诗篇，高红烛无法控制感情，刚背诵到一半，他已经泪流满面，背诵到最后，已经泣不成声了，幸亏背后有一位同学扶着他，否则他真要瘫倒在地上了。

　　站在高红烛身后保护高红烛的学生，是南苑大学的漂亮校花，外语院的高材生徐雁。

　　看着高红烛泣不成声的悲痛样子，徐雁更是感动，她拿出手帕，为高红烛拭着泪珠，抚着高红烛的肩膀，轻声地在高红烛耳边说道:"朋友，让我们沿着闻一多先生的血迹战斗吧！"

高红烛哭了，转过身来，几乎失去理智地伏在女学生徐雁的肩上哭出了声音。中学毕业，放弃升大学的机会，来到亲戚家书局照看生意，成了一个远离激荡社会的旁观者，没有人邀他一起战斗，是闻一多先生的诗歌，激励着他的一腔热血，高红烛不是一个逃避现实的弱者，高红烛是一个热血青年。

女学生徐雁非常大方，她一点也不躲避高红烛伏在她的肩上痛哭，还抬手轻轻抚着高红烛的肩膀，更是轻声地对高红烛说:"面对法西斯黑暗社会，眼泪是没有用的。"

女学生话音坚定，似有一股强大的力量渗进高红烛的血脉。高红烛抬起头来，感激地看着女学生，喂嚅地说:"我只是喜爱闻一多的诗歌。"

"我们都是他的读者，认识一下，我叫徐雁，知道闻先生的那首诗吗？《孤雁》:流落的失群者啊！到底要往哪里去？随阳的鸟啊！光明的追逐者啊。"

高红烛突然发现自己伏在一个女学生肩上，不好意思地抽出身来，退得远远地，呆呆看着自己面前的学生。

呆呆地站了好久，高红烛才想出一句话，他向大家说道:"我愿和你们一起飞翔。"

当天晚上，高红烛带着几十册石印的闻一多先生诗作来到南苑大学，参加南苑大学师生的诗歌朗诵会，最重要的是，高红烛朗诵了闻一多先生的诗歌名篇《红烛》。高红烛的朗诵声情并茂，感动得全校师生泣不成声。

时任南苑大学校长的那位贤达，被高红烛的朗诵感动得不能自已，便向身旁的同学询问："这位同学是谁？"同学都说不认识。这位校长立即向校务处指示，这位同学无论是哪个学校的，一定要把他请到我们南苑大学来。

于是高红烛成了南苑大学的学生。

高红烛同学进了南苑大学，不负众望，第二年全国大学生英语比赛，南苑大学的高红烛拿了全国第一。笔译第一，翻译了一篇狄更斯小说；口译第一，马歇尔来南苑大学发表援华演说，高红烛做同声翻译，全校师生都听傻了。

南苑大学可露脸了。

高红烛虽然是南苑大学高材生，高材生也要穿衣吃饭。南苑大学校长有过特批，按月发高红烛同学生活费，让他成为吃饭不要钱的特殊阶层。但高红烛还要买些生活用品，多少还得有点小钱。好在旧社会挣钱的道多，高红烛文笔不错，就以写小文章换稿费的办法，弄点零钱补贴生活。这一招果然不错，天津有好几家大报纸，好歹写点知识性小文章，就可以换点小稿费，如此生活就有着落了。

高红烛写小文章,向报纸投稿,报纸发表之后,给高红烛寄稿费,偏偏有位编辑,看出高红烛的文采,写了一封信约高红烛到报社面谈。高红烛当然受宠若惊,立即来到报社,接待高红烛的编辑姓王,慧眼独具,一眼就看出这青年非等闲之辈。

王编辑有背景,报社里有人说他是共产党,文章犀利,专门和国民党作对,受到调查局监视。王编辑对高红烛进行开导,介绍他读进步书籍,给他讲猴子变人的道理,一来二去,越谈越投机,经过王编辑培养,高红烛参加了具有共产党背景的进步组织——青联,成了和王编辑单线联系的青年学生。

王编辑对高红烛非常关心,再三嘱咐高红烛,一定要好好读书,在学校不要参加任何活动,不要发表激烈言论,要把自己保护好,为将来建设新中国储备本领。

在南苑大学,高红烛低调生活,不参加任何组织,不出风头,不抛头露面,低头进低头出,和全校师生的关系都很好。时代青年都爱针砭时弊,校园里大庭广众之下常见有左翼人士挥动双臂大骂国民党,学生们围着看热闹,鼓掌喊好。唯有高红烛,从来不去凑热闹,遇有左翼人士大骂国民党,高红烛远远地避开,看也不看,听也不听,径直走进图书馆,抱起一本书,沉浸在自己的世界里。

高红烛只知读书,对于天下大事不闻不问,不和任何人多说一句话,渐渐的,同学们送了他一个绰号,"老蔫儿"。

老蔫儿就老蔫儿,高红烛也不争辩,老蔫儿有什么不好,不少吃,不少睡,身体健康,精神愉快,老蔫儿还占便宜了呢。

老蔫儿人缘好,不惹事,不惹祸,不和人吵架,不得罪人。老蔫儿对事情有蔫主见,老蔫儿一个心眼儿,不会玩人,不做坏事。

有一女学生,看着老蔫儿可靠,渐渐地对老蔫儿产生了好感。

南苑大学女学生人人是仙女,否则为什么许多南苑大学出身的女学生都做了国民党大佬的太太、姨太太,做了军界、政界、经济界、外交界显贵的夫人。南苑大学的女学生,个个仪表非凡,相貌出众。南苑大学是美女大学,在中国,凡是有点身份的爷,选择伴侣的第一条件,必须是南苑大学出身。

南苑大学里哪位美女千金对高红烛产生了好感?

说出来吓你一跳,南苑大学里对高红烛怀有好感的美女千金,不是别人,竟然是全中国的顶级美女,全中国的顶级千金,全中国的顶级小姐,中华民国大总统顶级亲信、私人顾问、华北剿匪督战专员陈唯忠家的大小姐,陈茗儿。

陈茗儿的老爸陈唯忠，黄埔九期，老蒋的亲信，老蒋派陈唯忠坐镇天津，一是监视傅作义将军，二是统管北方经济政治事务。陈唯忠在天津警备区没有职务，但天津警备司令部一切计划，一切决定，都要先向陈唯忠报告，更要先得到陈唯忠先生的同意。

陈唯忠的公开身份是督战专员，人称陈专员，老蒋的私人代表，天津的太上皇。

陈唯忠，了得！

2

知道根底的同学说，早在一年前，就有人怀疑高红烛是共产党，别看他在学校里一声不吭，真人不露相，你们知道吗，高红烛，地下工作。

哟，咱们不识真人了。

还是有人不相信，高红烛怎么是共产党地下呢？这几年在学校，他不看激进书籍，不参加游行，不发表讲演，不组织社团。他蔫蔫巴巴三杠子压不出一个屁来，地下工作有这样的吗？

反正，无论你怎么说，现在的高红烛一身军装，胸前戴"中国人民解放军"的胸徽，一会儿他还要回军管会吃饭去呢。

无论如何议论，已经走到同学中来的高红烛，是解放军了。

1948 年进入冬季，战事吃紧，外地学生回乡避乱。天津本籍的学生也不来学校，原来学校里不可一世的三青团、蓝衣社成员,也都逃之夭夭,整个南苑大学冷冷清清,连伙房都不烧饭了。

可怜巴巴,仍然出现在南苑大学校园里的几十个人影,大多是东北籍无家可归的学生,再有就是类如高老蔫儿这样的死老赖。

高老蔫儿家在天津,他赖在南苑大学做什么呀?

有人猜,他是共产党地下工作者。

哟,诸位吃惊了,一说到地下工作,大家就想起一张沉静的面孔,紧紧地皱着眉头,使劲地咬着嘴唇,一双眼睛滴溜溜转,头上戴着鸭舌帽,一副大黑墨镜,帽檐儿拉得很低很低,怕你认出他的面孔,走在路上东瞧西望,家里有发报机,身上揣着烈性毒药,防备万一落到特务手里,随时准备牺牲自己,自然先要把文件吞下肚里。

高老蔫既没有这副尊容,也没有这项使命,1948 年夏天开始,《益世报》主编王先生请高老蔫儿写稿,每天一节,内容也很简单,先写天津历史沿革,要简单,几百字把天津历史勾勒清楚;第二部分,天津概貌;然后,天津工业,天津农村,市内交通,各个地区概况,居民生活习惯,哪条胡同是活胡同,哪条胡同是死胡同。在天津向人问路,先要说"劳驾您了"。见到天津人,年纪大的叫二爷,绝对不能叫大爷,大爷是娃娃哥哥;年纪轻的叫大哥,绝对不能叫二哥,天津人忌讳"二",老二,不是好玩意儿,明白了吗?

地下党要为解放大军进城准备一本手册,关于天津居民、交通、生活的扼要介绍,进步青年高老蔫儿为中国人民解放事业做出的最大贡献,就是为大军进城编写了一册"天津手册"。那一阵同学们只看见高红烛每天奋笔疾书,更看见高红烛每天将写完的小稿寄给《益世报》,大家就耻笑他,东北已经落到共产党手里了,你也不想想自己何去何从,还为了赚那点小稿费玩命。真没劲。

高红烛就是一个没劲的人。

没劲的人,不被人使劲关注,高老蔫儿什么时候从南苑大学消失的,没有谁说得清,天津解放之前,地下党紧急将激进学生撤离天津,高红烛就在一天晚上,什么东西也没带,到一个地方集合去了。

中国人民解放军第四野战军三十八军一一五师九团文化参谋高红烛同志,在天津解放第二天向领导请假,申请回学校看看,领导批准了高红烛同志的要求,给了他半天假。如此,高红烛同志就兴冲冲地回到南苑大学来了。

高红烛同志兴匆匆忙着回学校,倒不是想向同学们炫耀自己的革命身份,一场攻城战打了四十天,高红烛同志想看看同学们的情况,而且,高红烛同志心里还有一个他最惦念的人。

高红烛惦念谁？

唉，别提了，这个人很可能和她老爸老妈走了，万一没走，也和她老爸老妈一起做了俘虏，说不定正在杨柳青高级战犯收容所里吃小米饭呢。

被同学们围在中间，高红烛伸出大手，和同学们一一握手。青年学生们第一次和共产党人士握手，心中非常激动，数不清的手伸向高红烛。这一握手，年轻人和革命事业接上了气场。高红烛更是高兴非常，参加解放军，扛枪打仗，回到同学中来，又握住了昔日同窗们熟悉、温暖的手掌，心中更是激动。

"请高红烛同志讲话！"不知是谁想出了个怪主意，让高红烛向大家说几句话。高红烛历来不善言词，更没有任何准备，一时之间慌了手脚，忙着摇手推辞。

只是来不及了，几个同学用力将高红烛推到台阶上，一阵掌声，高红烛即便是哑巴，也不能不说几句话了。

"同学们，解放了，天津解放了！"

掌声，热烈的掌声。

"庆祝解放天津，欢迎解放军，热烈欢迎解放军！"

"同学们，民主自由的新时代从今天开始了，国民党反动派被我们打跑了，从今天开始，我们成为新社会的新青年，我们要努力改造思想，树立革命人生观，学习革命理论，学习马克思主义，为建设新中国贡献力量！"

革命干部常发表演说，必须按照上级发的文件一字一字地念，今天高红烛突然站在众人面前，手里没有讲稿，愣逼他讲话，能够说到这个地步，已经很不错了。

又是一片掌声，掌声停住，高红烛从人群中走出来，突然一位老同学走到高红烛身边，押了押高红烛的军装，小声在高红烛耳边说：

"喂，老蔫儿，你看，那边是谁？你瞧。"

高红烛顺着同学指的方向看过去，远远地，躲开热热闹闹、说说笑笑的同学，敬业湖边，一块大石头上坐着一位女同学，手里攥着手绢，一个人悄悄地拭眼泪。

陈茗儿。

高红烛心里一沉，眼里闪过一股奇异的强光，据在场的人说，当时高红烛的头发都竖了起来。高红烛哪里是个革命战士，一回到南苑大学，他又变成以前的高红烛了。类如猴子变人，好不容易变成人，再回到花果山，一进水帘洞，立马儿，又变猴儿了。

陈茗儿，和高红烛一个专业，一个教室，有时陈茗儿故意和高红烛坐一张课桌，两把椅子靠得很近，陈茗儿热乎乎的呼吸,"嘘"得高红烛喘不上气儿,高红烛心脏怦怦跳的声音,满教室同学都能听见,下课之后,有无良同学靠近过来小声问高红烛:"吃豆腐了吗?"

吃豆腐,是我们那一代男青年的特权专利,往女同学身边挤,似是无意间拿胳膊肘顶一下女同学的乳房,或者用手背重重地蹭一下女同学的屁股,软软的,特提神儿。

高红烛不做那种混账事,高红烛是一个有神圣信仰的革命志士。

倒是陈茗儿犯贱,好几次,课桌底下,陈茗儿似是无意地用手背蹭一下高红烛的手背,其实只要高红烛将手心反过来,一下就握住陈茗儿的小手了。高红烛没有反应,而且,陈茗儿和高红烛说话,犯嗲,莺声燕语,旁人听着都起鸡皮疙瘩,高红烛还是没有反应,他耳际回响的旋律,只有"英特那雄耐尔就一定要实现",雄壮、嘹亮、震撼人心。

远远地看见陈茗儿一个人坐在大石头上悄悄拭眼泪,高红烛先是一惊,犹豫了一会儿,似是终于下定决心,这才缓缓地向坐在湖边抹眼泪的陈茗儿走过去。陈茗儿一抬头,发现穿着军装的高红烛正向自己靠近过来,突然站起身来,活赛羊羔看见狼,一下子吓呆了。

高红烛缓缓地向陈茗儿走过去。高红烛没激动,陈茗儿也十分平静,就像两个陌生人一样,相互靠近过来了。

"茗儿。"高红烛小声地唤了一声。

陈茗儿低下了头。

"你,你,你……"高红烛不知道应该怎么问,你,你,你有许多可能,一个可能,你老爸老妈做了解放军的俘虏,你也一起被送到战犯管理所去了,第二个可能,你,你,你老爸老妈可能被打死了,只剩下你一个人,生活无着,不知道应该怎么办。

"我,我,我……"陈茗儿也不知道应该如何回答。我,我,无论什么可能,现在我在你的眼前,还在天津,在南苑大学和同学们在一起。同学们已经疏远我了,大家本来就知道我老爸是国民党战犯,国民党败了,等着我的不知道是什么结局,很可能不能再在南苑大学读书了,刚才解放军到家里来的时候,让我等"安排",反正不至于治罪吧。嘻,想那些做什么,现在我在天津,在南苑大学,现在我看见了你,你站在我对面。

"你老爸老妈呢?"

高红烛,你太没有立场了,明知道陈茗儿的老爸是国民党战犯,更知道陈茗儿的母亲是国民党战犯的臭婆娘,你怎么还关心他们的下场呢。这可不是个小问题呀。

"他们走了。"

"走了?"高红烛吃惊地询问,正常逻辑,陈茗儿的老爸老妈应该被解放军俘虏,或者是战争中被打死,怎么"走"了呢?

"你们进来前一个星期,他们乘英国油船走了。"

"哦。走了,走了。"高红烛居然舒出一口长气,为茗儿老爸老妈成功逃离感到庆幸。高红烛呀,你可太危险了。

世上没有无缘无故的爱,也没有无缘无故的恨,陈茗儿和高老蔫儿,类如林黛玉和焦大,一个是千金小姐,另一个是穷小子,就算千里来相会吧,他两个人能有什么"缘"呢?

每日每晚,在令人厌烦的种种酒会、宴会上,陈茗儿受够了那些公子哥儿们的围剿:一个个油头粉面,西装革履,满脸堆着笑,一个个过来向陈小姐敬酒,不厌其烦地说着恭维话;冷冷地坐在一旁听他们高谈阔论,说的全都是"你做官了,我发财了","你求我办桩什么事,我帮你找个肥缺";再有从外国回来的,动不动冒出句洋泾浜,陈茗儿真恨不能找个地缝钻进去。倒是走进南苑大学,坐在教室里,和高老蔫儿一句半句地说点什么,还能感觉到人生的充实。

只是,他们之间不可逾越的鸿沟太深太深了,也太险恶了,想想都让人不寒而栗。陈茗儿有时半夜被一个噩梦惊醒,自言自语地喃喃:"不可能,不可能,永远不可能啊。"

喃喃着,抽抽地哭出了声音。

老保姆听见陈茗儿的哭声,赶过来,关切地问着:"小姐,你怎么了?"

陈茗儿不回答,还是喃喃地自言自语,"不可能,不可能……"

听见陈茗儿老爸老妈跑掉的消息,高红烛居然舒出一口长气,为一对战犯夫妇逃出最后的惩罚感到庆幸。高老蔫儿呀,你的屁股一定和国民党反动派坐到一条板凳上去了。解放战争胜利,全中国老百姓都等着看国民党高级战犯们一个个受到革命审判,以他们可耻的下场偿还他们犯下的罪行,偏偏你高老蔫儿,身为革命者,解放军战士,听说陈茗儿的老爸老妈跑了,不感到愤怒,反而感到安慰,你坐错了板凳,老蔫儿,抬抬屁股吧。

高红烛并没有感到问题的严重,还怪关心地问陈茗儿:

"你怎么打算呢?"

"不知道。"陈茗儿冷冷地回答说,"刚才解放军将家里查封了,让我等通知,去参加学习班。他们一定要审查我的,查我是不是奉命潜伏的特务。"

"你尽管放心,我们不会冤枉任何人。"现在高红烛知道自己是革命战士了。

突然,高红烛革命激情附体,站在陈茗儿面前,挥着胳膊,万分严肃地向陈茗儿发表革命演说:

"茗儿,抬起头来,迎接自由民主的新时代吧,你决心不和你老爸老妈一起走,是你正确、聪明的选择,一切反动派注定灭亡的时刻已经来到了,年轻人为什么要做他们的殉葬品呢?勇敢地迎接新时代,做一个有理想、有信仰的新青年,我们还会互相帮助,共同进步,实现我们伟大的理想,开创一条实现人生价值的光辉道路。"

你高红烛说得好听呀,陈茗儿可没有你这样潇洒,老爸老妈走了,公馆被查封了,生活面临巨大变化,心里一片困惑,未来在哪里? 陈茗儿的心里压着一块巨石。

"没想到,你真是共产党。"陈茗儿轻轻地咬着嘴唇。

"哦,在学校,我参加了青联,为解放战争做了一点工作……"

"看来社会局倒不全是草包,只有我被蒙在鼓里。"

高红烛受地下党委托,为解放战争写《天津指南》。

《天津指南》中地区情况一节,写得非常详细,东马路多长、多宽,街上都是什么生意;华竹绸缎庄的老板是没有色彩的老百姓,在天津口碑不错,人称老好人;东南城角,国光电影院,原来是日本特务川岛芳子的秘密据点;国光电影院对面,是日本红帽衙门,国民党回来之后,变成俱乐部,就是专供军政高官们玩乐的妓院。

写到小伦敦道 6 号院，一幢英式小洋楼，大大的院子，高高的围墙，没有人看见过里面的情形。日本占领时期，这里住着新民会会长，日本投降，本来应该定为汉奸的新民会会长，摇身一变，成了爱国人士，没有定为汉奸，只将小洋楼"献"出来了。国民党接收大员莅津，一位什么大人物搬进院来，小伦敦道居民从来没看见过这位大人的尊容，每天早晨小洋楼大门打开，一辆军用吉普车开出去，里面坐的什么人，没有人看见过，入夜，吉普车开回来，小洋楼大门大开，吉普车开进去，大门关闭，什么人从车里走下来，更没有人知道了。

时至 1947 年，南京来的陈唯忠先生入驻小伦敦道 6 号，从此小伦敦道 6 号改称陈公馆。

陈公馆，一幢三层小洋楼，十几间大房子，只住着三口人，陈先生，陈太太，陈茗儿。

小洋楼院里，两间下房，一间住着司机，一间住着杨奶奶，侍候一家人，烧饭洗衣。

如今，倒有一件事高红烛不明白，陈公馆一家三口，茗儿更是老爸老妈的掌上明珠，陈唯忠一对夫妻乘英国船逃跑了，怎么会将他们唯一的女儿留下了呢？解放军干部要陈茗儿去参加学习班，审查她是不是受命潜伏下来的特务，看来不是没有道理的。

1948 年 12 月一天下午,(此时，天津城里已经听到炮声,解放军已经将天津包围了。)天津警备区司令将陈唯忠和夫人请到警备司令部，派吉普车将起士林餐厅的西餐厨师请来,在警备司令部餐厅,宴请陈唯忠先生和夫人,本来也邀请陈茗儿一起来的,但陈茗儿讨厌这类宴会,不外是来了什么要人,讨价还价什么交易。

　　还有的时候,席间一个什么人,夸奖陈府的千金小姐多么完美,而天下偏偏有一个白马王子德貌出众,只要陈太太肯于让令嫒屈尊下嫁,那就是金玉良缘了呀。

　　突然,陈茗儿不客气地站起身来,一路噔噔噔噔走出宴会厅,狠狠地摔上玻璃门。身后,似是还传来骂声,闲得难受!

　　"哈哈哈哈,我不过说着趣话,得罪得罪。"

　　"吧"地一声,那位大人物嘴巴叼着的大雪茄掉在地上。"嘻嘻嘻嘻。"大人物怪没趣地自己俯身拾了起来。

　　"嘻嘻,嘻嘻。"

　　就这样,陈唯忠和太太应邀去警备司令部赴宴,将千金小姐陈茗儿留在家里。

　　席间,天津警备区司令告诉陈先生,老蒋也是昏了头,居然密令天津警备区立即送陈专员回南京。

　　"请他在城里修个机场吧,城外的飞机场早被共军的大炮封死了。唉！"

陈唯忠先生倒是轻松，他知道自己只有与战地共存亡的结局了。

战事如此紧张，何以蒋先生急令陈唯忠夫妻回南京呢？

"哈哈，蒋先生要下野了，唉，李宗仁先生既然代任总统，你在他身边安置一个人，他能看不出来吗？"

只有陈太太着急，"校长急着招你回去，我们不理睬，日后如何见校长呀。"

"还见得着吗？"陈先生不无调侃地对太太说。

警备司令告诉陈唯忠先生，只有大光明码头还停着几艘英国油船，英国人滑，不带中国军政人员离津，人家不沾这份"骚"。警备区有人整天守在大光明码头，随时和英国船主谈交易，能带出去一个是一个，要多少钱都给。

唉，什么友帮、亲帮，势利眼得很，看着蒋先生不行了，一个个都远远地躲着，生怕把自己卷进去。

等着吧。

老蒋急电要陈唯忠到重庆报到，另有重任。警备区司令无法执行军令，却必须要把蒋先生的命令告知陈先生，谢谢陈先生不弃旧谊，与老朋友患难与共，大宴总是要吃的，且当作是一场同赴国难、视死如归的血酒吧。

破例，警备司令大人派人去中央银行，从地下室找出一瓶二十年皇家炮台威士忌，原准备蒋先生督战来天津时敬奉的，蒋先生没有来，舍身殉国的将军们且享用了，也算没委屈这瓶好酒，陪着一起就义了。

席间自然是山珍海馐，烤乳猪，鹅肝，西式大菜。"随意，随意。"也就是这一遭了，外人面前，战事紧张，警备司令已经不吃肉了。

"干杯，干杯。"

陈唯忠举杯的手在剧烈地颤抖。这杯酒喝不下呀，风萧萧兮易水寒，壮士一去兮不复还。不是壮士一去，是壮士留下，陈唯忠的嘴唇哆哆嗦嗦地说不出话。

陈太太放下酒杯，双手捂着脸，小声地哭出声来。

"干杯，干杯！为国献身，效忠总裁，是军人的天职，要男儿何用？这不正是我们的最高追求吗？"

呜呜，陈太太再也忍不住，跌坐在座位上放声大哭。

"唉，"陈唯忠一下将酒杯放到餐桌上，"三民主义一番事业，怎么就毁在我们这一代人手里，何颜见江东父老，何颜瞻仰国父遗容，八年抗战，不容易呀，谁想到八年抗战的结果竟然是亡党亡国。人人都想着自己发财，你贪，我也贪，天下没人管了，都紧着往自己口袋里搂，财产被搂光了，国也被搂亡了，谁听得进去逆耳之音呀！"

话没有说完，陈唯忠也哭得几乎断了声音。

悲壮,悲壮,太悲壮了。

不到最后时刻,谁也"玩"不起来悲壮。

"干杯,干杯,党国不是我们亡的,你没贪,我没贪,别人贪,我们管不了。干杯,干杯。"

警备司令才举起酒杯,餐厅大门被人从外面拉开,风尘仆仆,秘书闯进来报告,共军已经逼近海口,所有的外国船只都开始起锚了。

"唉,完了,"陈太太止住哭声,抬起头来呆呆地看陈唯忠,"怎么办? 走不成了。"

陈唯忠抬起汪汪泪眼,毫无表情地向警备司令看了看:"不走也好,你我兄弟一场……"下面的话,陈唯忠说不出来了。

突然,"好消息,好消息。"

风风火火,又一个人闯进来,上气不接下气地向司令喊着。

这时候还有什么好消息,共军停止进攻了?

大光明码头一艘英国油轮,买通船主,终于答应可以带两三位商人登船,只能是商人,绝对不能是军政人员。

"商人陈先生、陈太太和女儿,三位商人登船走吧。天意呀,陈先生成全朋友、广种福田,天公有眼,善有善报呀。走吧,陈先生回到南京之时,正是兄弟殉国之日,见到蒋先生,报告校长,学生没有辜负校长的栽培。"

自然是更悲壮了。

"动身,立即动身,大院里吉普车发动好了,请陈先生、陈太太立即出发,没有时间回家拿东西了。"

"茗儿。"

陈太太急得挥着双手,向陈唯忠喊着。

"快快。晚了,八路军封锁海口,谁也出不去了。"

匆匆忙忙,陈唯忠被秘书拉着,从餐厅跑出来,又被秘书塞进吉普车,陈太太跟在后面,也被人塞进车里。

"茗儿,茗儿。"

陈太太哭着喊叫。

"再发动一辆吉普,去家里接陈小姐。"

陈唯忠和陈太太乘坐的吉普车开出了警备司令部大院,陈太太看见,在她身后,另一辆吉普车也开出了警备司令部大院,陈唯忠和陈太太的车子向大光明码头飞奔而去,后面的那辆吉普车向小伦敦道飞快地开去了。

再见!警备司令站在大院里向陈唯忠夫妇挥手,陈唯忠来不及回敬。一阵黄土烟尘,吞没了远去的吉普车,警备司令,堂堂男子汉,站在风中拭着眼泪。

打了大半辈子仗,没打过这样窝囊的仗。

陈唯忠一家逃命去了,见了老蒋,他将向总裁报告,天津守军坚守到最后一刻,天津陷落之时,正是警备司令殉国之日,黄埔学子,无愧天地,无愧党国。

吉普车飞快地向码头驶去,陈太太半站起身子,扒着吉普车后窗,向外面张望。"茗儿,茗儿。"陈太太大声喊叫。

从警备司令部到大光明码头,几公里距离,吉普车"嘎"地一声刹车,眼前就是高高的轮船。陈唯忠跳下吉普车,回身搀扶太太,陈太太回身向远处张望,焦急地等着她的茗儿。

"呜呜——"轮船拉响了汽笛,催促岸上的人登船。陈太太还是不肯上船,汽笛又是大声鸣叫,船边的舷梯已经微微启动,英国人等不及,已经就要起锚开船了。

秘书一阵焦急,一使劲将陈唯忠推到舷梯上,陈唯忠拉着太太,开始登船,陈太太大声喊叫:"茗儿,茗儿。"

陈唯忠和陈太太正在舷梯上攀登,舷梯已经向上收起,眼下已经是滔滔的河水了。

终于,陈唯忠和太太跨到甲板上,手才扶上栏杆,舷梯收起来,汽笛长鸣一声,轮船缓缓地启动了。

"茗儿,茗儿!"

陈太太的喊声撕裂了风声。

"妈妈,妈妈。"岸上传来女儿的喊声,陈茗儿已经从吉普车上跳下来,一步奔到岸边手扶着码头栏杆,向距离河岸几步之遥的轮船喊叫。

"茗儿，茗儿！"

"妈妈，妈妈！"

陈太太一双胳膊从船帮上伸下来，恨不能将女儿拉上船来。

陈茗儿的双臂向油轮挥上去，恨不能抓着妈妈的手跳上船去。只是轮船无情，就在叫喊声中，轮船缓缓地驶离河岸，更缓缓地向海口驶去了。

爸爸、妈妈在哭喊声中走了，女儿在哭喊声中留下。

生离死别，一个家庭，像一只花瓶，突然一下，摔碎了。

爸爸，妈妈，留给女儿的最后记忆，竟是风中撕裂心灵的哭喊声。

警备司令部秘书，最后搀扶着陈茗儿坐进吉普车，开回了小伦敦道陈公馆。

解放天津的战役是在中午1点结束的，解放军战士攻进天津警备司令部，天津守军举手投降，在解放军战士的刺刀下，警备司令蔫蔫巴巴地走出地下室，抬头看看天，天上弥漫着炮火硝烟，他摇了摇头，被解放军战士押走了。

下午5点，一队解放军战士敲开了小伦敦道6号陈公馆大门，老佣人杨奶奶应声打开院门。一队解放军战士走进来。

陈公馆里没有枪支弹药，没有金银财宝，没有机密文件,陈公馆绝对一户普通家庭,壁上没有蒋公手迹,墙上没有国父遗像。连接管陈公馆的解放军干部,都不相信这里是国民党的重要机关。

楼里还有什么人？

"先生太太走了,还有一个司机,他有军衔,下士。"杨奶奶抢着回答。

"这房子军管了。给你们安置住处,收拾收拾,准备搬家吧。"

杨奶奶嘤嘤地哭了,"我的茗儿可怜，怎么就晚了一分钟呢？"

3

陈茗儿对高红烛的"好印象"是在"反饥饿、反内战、反迫害"大游行时期建立起来的。

别误解，陈茗儿不是看见游行队伍中高红烛走在队伍前面，高举横幅标语，拿着大喇叭带领大家喊口号，更不是因为高红烛身高一米八，宽肩膀、虎背熊腰的魁伟形象才对高红烛产生好感的。

不是，压根儿不是那么一回事。

声势浩荡的"反饥饿、反内战、反迫害"大游行，高红烛没参加，那一天学校里空荡荡，连图书馆都关了门，高红烛忙着写《天津指南》，一个人躲在教室里奋笔疾书。写得太专心了，直到陈茗儿走进教室，站到他背后，他也没有察觉。

"真用功呀。"

陈茗儿说话一贯酸腔酸调，高红烛抬起头来，瞟了陈茗儿一眼，一双胳膊将正在写的"文章"捂住。他没搭理陈茗儿，欠起身子，似是想溜走。

"什么传世的文章怕人看呀。"

"你来学校做什么？"高红烛不解地问。

"没地方好去呀。"

"你们家不是最好的地方吗？"

"嘻，我那个家真不是人待的地方。"陈茗儿赌气地说着。

"府上还不能待？天下真没有可以待人的地方了。"

"普天下，好歹是个地方都比小伦敦道6号好。天刚放亮，电话不停，电报不停，来访的人前一个才走，后一个又闯进门来，这个送电报，那个送密件，还有就不知道为什么事找上门来的了。"

今天，家里又有客人，一张张哭丧的脸，浓重的愁眉，谁也不说话，就是呆呆地对坐着，满屋的晦气。

陈茗儿不想看倒霉景象，一个人跑出来，大街上乱得很，绕了个弯儿，走到南苑大学校门外。学校里空荡荡，倒也安静，陈茗儿缓缓地走进了校园。

操场上几个男生在踢球，几个花枝招展的女生在校园里闲溜，商女不知亡国恨，依然一身名贵香水味道。陈茗儿想去教室取一本书，走进教室，正看见高红烛在那儿玩命。

"年轻人血气方刚，天下兴亡，匹夫有责，外面那么热闹，你怎么不去参加游行？"陈茗儿挑逗地向高红烛问道。

高红烛不回答陈茗儿的挑逗，还向陈茗儿问道："真光影院正演《罗宾汉》，你怎么不去看？"

"我讨厌美国片儿。"陈茗儿还是那种不高兴的小姐腔调。

"陈小姐讨厌的东西太多了。"高红烛也酸溜溜地说。

陈茗儿不回答，一屁股坐到高红烛对面。

"陈小姐，您没有别的地方好去了吗？我这篇文章报馆等着要。"

陈茗儿倒不生气，她更伸着脖子向高红烛胳膊捂着的稿纸望着。

《天津市民的码头习气》。

"哟，我还当你写什么论文呢。写这类文章不就是换小钱花吗。哦，我想起来了，最近《益世报》上那个'云中君'的小文章是你写的吧？"

"您高抬我了。"

"嘻，别把自己看得太不值钱，写小文章糊口活命，总比贪污受贿、做亡国君臣好。不过，我总觉得'云中君'这笔名不太好，人生在世，飘到云端去做什么？南苑大学的才子，要襟怀平等博爱的伟大理想，造福人类，拯救众生。"

陈茗儿向高红烛宣讲人生大道理。

"你怎么还不回家，今天不上课，教授们也上街了。"高红烛想把话题扯开,蔫蔫地向陈茗儿问着。

"街上乱,学生游行,特务抓人,市民围观,整个城市全在发疯,你送我回家吧。"

"你老爸的军用吉普怎么不来接你?"

"我出来的时候没向他们打招呼。我想,总会有人愿意送我回家的。"

陈茗儿还是挑逗高红烛,要他送自己回家。

"好吧。"

高红烛倒真痛快,正好,他要送一篇稿件去《益世报》,有些章节可以邮寄,有的章节要直接送到王编辑手里。学校附近,路上倒还安静,游行队伍还没有回来,再走一段路,气氛乱了,赶去看热闹的市民匆匆跑着,路边人们一群一伙议论游行的情形,高红烛陪陈茗儿从人群中穿过,人们惊奇地看着这两个年轻人,不明白这对青年何以在社会动乱之时还沉浸在两个人情感小天地里。

"什么时候才能太平呀!"

"我们这一代人太可怜了。大学几年,没有学到任何知识,终日政治、政治,烦得你真想逃到另一个星球上去。"

"生在一个政治家庭里,你怎么厌恶政治呢?"

"唉,我看的太多了,我父亲是一个读书人,政治,毁了他的一生,你不知道什么是政治呀。"

"那你说说什么是政治吧。"

"现在的政治，就是大家往自己腰包里搂钱，人人都想给子孙后代留下万贯财产，最后，天下丢了，他们的政治就是等待惩罚。"

陈茗儿随便地说着，"我老爸说了，没希望了，没救了，共产党很快就要成势。国民党寿终正寝的日子到了。"

"令尊大人德高望重，他对世界有他的看法。"

"说国民党寿终正寝还用德高望重？你看，学生们上街，大家不是都看出来了吗？东北丢失了一大半，还想反攻呀？不可能了，等着吧，天津北平也保不住了。"陈茗儿安详地说着。

"天下怎么会落到这样的下场呢？"高红烛向陈茗儿犯傻。

"你还用问我，抗战八年，国土光复，国民党重掌政权，你看到了，接收大员们回来都做了什么，人人贪污，把日本人留下的工厂房产吞归己有，不到一年时间，接收大员们都发了财，我老爸在家里拍着桌子大骂，贪吧，迟早把天下贪光了，亡党亡国，大家同归于尽。老蒋不知道吗？他管不住了，老爸说，失民心者失天下，民心丧尽。唉，等着共产党接管天下吧。"

"共产党一定会来？"高红烛还向陈茗儿犯傻。

"哎呀,我说老蔫儿,你真是一个傻老蔫儿。"

高红烛也怪,别人无论如何叫他,他都没感觉,只有听陈茗儿唤自己"傻老蔫儿",他心里一阵温暖,再加上茗儿的声音动听,这个"傻老蔫儿",就成了他们两个人之间的情感暗号。

"你读了那么多的书,怎么连这么点小道理都看不出来呢?"陈茗儿数落着高红烛说,"我老爸说了,国民党的气数尽了,别看一个个喊着什么共存亡,暗里大家都忙着为自己找退路,有的往西南跑,有的去台湾,你听说了,陈诚到了台湾,不准大陆败兵登岸,多少人都只能转路去了南洋。唉,天下没有可以躲避的地方了。"

"你们一家怎么打算呢?"

"不知道,老爸说反正不能背叛校长,他是黄埔出身,黄埔学子,等于把自己卖给了老蒋,老蒋派他到北方来,就是要他督战北方防守战役,迟早共产党要打进山海关的……"

"与阵地共存亡?"高红烛似是无心地问着。

"唉,不想这些了,一说到这些母亲就哭,老爸就冲着母亲喊,我真烦了,我就盼着这一场悲剧早早结束,无论是祸是福,总该有个结局的。"

高红烛送陈茗儿走到英租界,游行队伍不进小伦敦道,小伦敦道居民多是制造饥饿、发动内战、迫害百姓的党国要人,他们是唤不醒的人。

已经看见陈公馆公寓了,陈茗儿向高红烛说了声"谢谢",加快脚步向自己家门走去。

陈茗儿走到陈公馆自家门外,回头望着,正好,高红烛还立在远处。陈茗儿向高红烛招了招手,高红烛也扬起胳膊向陈茗儿挥了挥手,随后转回身子,向益世报馆方向走去了。

高红烛在陈茗儿心里留下"不问政治"的好印象,游行过后,学校复课,陈茗儿和高红烛接触得更多了。高红烛故意和陈茗儿疏远,陈茗儿没有感觉,还以为只是高红烛太蔫,腼腆。陈茗儿没去想高红烛可能同情共产党,没去想高红烛可能和她不是一路人。

高红烛疏远陈茗儿,陈小姐不但没生气,反而更认定高红烛是个值得信赖的同学。

唉,真是乱套了。

有一条真理说,世上没有无缘无故的爱,现在陈茗儿对高红烛的好感,就有点无缘无故;而且,世上凡是无缘无故的事,最后都必有无缘无故的结局。心怀无缘无故的人,最后都要吃无缘无故的苦头。

不信,你们就看着吧。

一夜密集的枪声，躲在地下室里的陈茗儿估计共产党攻进来了，枪声似是就在大街上，就在院外，密密地响过一阵，又渐渐地远去了，向市中心过去了。国民党守军崩溃了，共产党进来了。

天蒙蒙亮的时候，枪声停下来，外面没有一点声音，陈茗儿从地下室钻出来，还没抬头，就听见院外马路上人们的说话声，最早走出家门的市民高声地传告，"进来了""进来了"。

不必询问，陈茗儿知道大家在说共产党攻进来了。

战争结束了。

街上一片狼藉，倒也没看见伤兵、死人，反正就是打过仗的样子。解放军先头部队似是还在前面打扫战场，后续的战士们正匆匆地走过来，一个个风尘仆仆的样子，扛着大枪，匆匆赶路，也不知道他们去什么地方。市民向战士打招呼，他们也不说话。向共产党示好的市民，摆出了桌子，放上大碗，烧开了水，一瓢一瓢往大碗里注水，还冲好了茶，解放军战士看也不看，没有一个人过来喝水，军人们就是匆匆地走着。

大街上贴出了《中国人民解放军宣言》，贴出了《三大纪律，八项注意》，惊魂甫定的市民围着看宣言，识字的人大声地读着布告上的文字。陈茗儿也断断续续地听见了几句，她想着自己的事，恐惧地等待过一会儿将要降临到自己头上的命运。

大街上刷满了标语，石灰水写上的标语还没干，"打倒美帝国主义！"陈茗儿心中一惊，美国怎么成了帝国主义了？以陈茗儿的理念，君主制的国家才是帝国主义，美国是个民主国家，怎么会是帝国主义呢？

没有时间想这些。

《中国人民解放军宣言》的旁边，还贴着《军管会布告》，第一条，所有公职人员立即到部门报到，开始工作。第二条，水电交通部门公职人员，立即回部门报到坚守岗位，立即恢复电力、自来水供应。第三条，国民党失散军人，立即到军管会接收站报到，等候安置。第四条，国民党区分部委员以上人员，到军管会登记，等待通知参加指定学习班。再有，国民党师、军长以上人员失散家属，立即到军管会登记，军管会负责查找家人。最后一条，陈茗儿看到对自己的安置，战争中未被俘虏的国民党高级官员及其家属，等候通知参加学习。云云。

陈茗儿看过布告，回到家里草草收拾收拾东西，准备出门，听见楼下门铃响，走下楼来。几位解放军走进门来，也没和陈茗儿说话，一阵风，直奔楼上去了。

"你是什么人？"

"我叫陈茗儿。"

"陈唯忠呢？"

"走了。"

"家里还有什么人？"

"就我一个。"

陈茗儿还等着解放军询问，再看，几位解放军从楼上走下来，手里拿着长长的纸条，一间房一间房地贴上了封条。

"老乡。"

陈茗儿突然变成老乡，听着真刺耳。

解放军干部对陈茗儿说，"这里原来是国民党重要机关，给你留一间房子，在我们进驻之前，你先住在这里。"

陈唯忠的别墅被解放军征用了。

陈茗儿料定，自己的命运就要发生巨大变化，老爸老妈走了，这幢别墅还在，国民党机要机关还在，一个国民党大佬的女儿，解放军一定会有安置的。

"我想到学校去。"

陈茗儿以一个"俘虏"的身份向解放军干部说。

"你去吧。你不是国民党军政人员。老乡，庆祝你得到解放，你已经是新时代的新青年了。"

楼上楼下贴上封条之后，解放军干部走了。

杨奶奶嘤嘤地哭了。

"奶奶,别哭。"陈茗儿冷冷地劝说,"世上没有不散的筵席。荣华富贵总也有个尽头,老爸老妈走了,是天意,我没赶上,也是天意,无论是福是祸,我都做好了准备,没什么过不去的。您放心,我没扛过枪,不在国民党里任职,大不了就是一个战犯的女儿,八路军再厉害,他们也不会杀我,奶奶,咱们等着吧。"

　　说罢,推着她的女子自行车,陈茗儿走出小伦敦道,到学校去了。

4

太忙太忙。

高红烛不去想陈茗儿的事了。

平津战役胜利，大部队南下，打到南京去，活捉蒋介石，高红烛本来应该随军南下。部队首长找到他，对他说："军管会请求高红烛同志不要随军南下，留在天津分配重要任务。"

高红烛同志急了："我刚刚扛枪，还没打过仗，本想南下过江参加战斗立功做贡献，怎么要把我留下来，天津没有我的事了，坚决不脱军装。"

但最终还是服从命令，高红烛去军管会"一处"报到。

"一处"是个什么单位？不必说得详细。"一处"下面还有二处，三处，四处，一直到九处，这九个处同属军管会的一个大单位。和高红烛谈话的领导对高红烛说："虽然你强烈要求南下参军，但刚刚解放的天津更需要干部，军管会通过再三争取把你留下，有更重要的任务等着你承担。"

军管会一处处长姓秦,四十岁模样,陕北人,胡子拉碴,高鼻子,大嘴巴。高红烛走进秦处长办公室,秦处长抬头打量站在他面前的高红烛,印象不错。

　　秦处长对高红烛说:"欢迎你到一处工作,城市刚刚解放,社会秩序乱得很,还有潜伏的特务,还有妓院,还有毒品买卖,还有地痞流氓,城市改造任务非常艰巨,现在我们的任务是防止敌人破坏,打击坏人捣乱,保证翻身百姓的正常生活。"

　　最最重要,秦处长向高红烛交代,工作中要带有敌情观念。

　　我们打仗的人,最知道什么是敌情,前线上敌人的炮楼,是敌情;装扮成老百姓,怀里藏着武器,找机会放冷枪的,更是敌人。没有敌情观念,一麻痹,他就收拾你。身上可以不带武器,心里不能没有敌情观念。

　　交代过任务,秦处长掏出一沓纸,裁下一个小纸条,在办公桌上打开他的烟荷包,不紧不慢地卷好一支烟,嚓地一下,划着火柴,深深地吸一口,慢慢地吐出烟来。

　　"咱们的工作呢,是和国民党残余势力打交道,和资产阶级打交道,和各种暗藏的反动势力打交道,他们的枪被咱们'下'了,只是他们心里还没有被我们解除武装。今天我们就是要和这些隐蔽的敌人斗争。"

"我明白，明白，我一定提高警惕，革命战士不光要打败拿枪的敌人，更要打败不拿枪的敌人。"

"那就好，将你放在这个岗位上，是对你最大的信任。"

至于任务，秦处长向高红烛做了交代。

在内部，高红烛的职务是联络员，对外什么名目也没有。走出军管会，高红烛还要穿西装，系领带，足蹬大皮鞋，皮鞋还要打得油油光光。秦处长向高红烛交代，到了外面，人家看你就是一个天津公子哥儿，什么本事也没有，什么事情也不干，就是吃老爹的窝囊汉。

按照秦处长的要求，高红烛果然变成了一个公子哥儿，每天下午，穿戴停当，潇潇洒洒地走进维格多利舞厅，坐在咖啡桌旁，优哉游哉地听歌女唱歌，看天津老少爷们搂着舞女跳舞。

高红烛的职务是联络员，负责了解几家商业舞厅的情况，监视舞厅秩序。城市刚刚解放，想做坏事的人都往舞厅跑，国民党残留人员，不肯去军管会指定地点接受审查，跑到舞厅来等着遇见老相识，想办法逃避改造；做不法生意的人，譬如毒品贩子，舞厅是最好的交易地点。秦处长向高红烛交代，在商业舞厅里，一要监视国民党残余势力活动，二要监视国民党特务接头，第三，就是监视鸦片生意。

带着敌情观念，高红烛每天到各家舞厅看一看，只有舞厅老板知道这位高同志是军管会派来的联络员，舞女们还以为高先生是一位舞客。高红烛一副油头粉面的样子，神态斯斯文文，像个小老板，坐在咖啡桌旁，舞女还以为这位小爷是哪家老财阀家的少爷秧子呢。

　　维格多利舞厅，前身是美国水兵俱乐部，美国水兵走了，更名为维格多利舞厅。来维格多利舞厅跳舞的，自然都是天津顶级人物，一位位身着西装，足蹬意大利皮鞋，手上的戒指价值连城，一杯威士忌，相当于一部雪弗莱小汽车。

　　今晚，维格多利舞厅宾客爆棚，格外热闹，舞厅老板也特别精神，显然，今天维格多利舞厅有好生意。

　　突然，一阵震耳欲聋的掌声，大屏幕映出当红歌女的大照片，高红烛微微地抬头无意扫视一眼，也是突然，高红烛几乎猛烈地跳起身来，一股热血涌上心头。

　　怎么是她？

　　当红歌星徐雁。

　　在舞客们一片喊叫声中，歌星徐雁缓步走上舞台，音乐伴奏下唱了一曲《夜上海》。歌声甜美，表演动人，连坐怀不乱的革命战士高红烛都有点动心了。

　　徐雁，就是当年闻一多先生遇难那天到书店找《红烛》

诗集的那位女学生,进入南苑大学后,大家各自埋头读书,高红烛和徐雁没有多少联系。只是高红烛再也不会想到,南苑大学的才女徐雁居然沦落到舞厅做歌女来了。

"没想到呀。"

歌声停下,高红烛琢磨着自己应该到下一处舞厅去了,再一抬头,徐雁落落大方地坐在了自己的对面。

"什么没想到?"高红烛冷冷地问。

"没想到革命干部还羡慕资产阶级生活方式,革命胜利了,还要到花花世界来看看。"

"对不起,我要走了。"

"忙什么呀,我们好像好几年没说过话了。你不想听听我的故事吗?譬如,我如何从南苑大学的学生,沦落到维格多利舞厅来做歌女。"

南苑大学的美女学生,放弃学业,沦落到维格多利舞厅来做歌女,又是一桩陈白露式的故事。

1947年,时局吃紧,原来在天津做生意的徐雁父亲,开着一家很大的商号,囤积着一大批棉纱,准备战事一结束,趁着市场还没有恢复,发一笔大财。偏偏国民党守军还不想早早地把天津城交出去,东北全线失守,国民党发誓死守平津,天津警备区加固工事。徐老板的商号处于交通咽喉要道,国民党守军强征地界,一把火烧了商号,里面的棉纱,都被国民党守军抢光了。

徐先生破产了,一生的积蓄化为灰烬。徐先生一口痰没上来,心肌梗死,送到医院抢救无效,当天夜里就西去了。

徐先生去世,徐太太无依无靠,一夜之间,家徒四壁,几乎就要断炊了。

徐雁离开学校,四处求职。时局吃紧,天津市面一片凋零,哪里去找事情做呀?那天晚上,徐雁转了一天,一分钱没有挣到手,正愁明天母女两个就要挨饿,无精打采地走到维格多利舞厅门外,正看见维格多利舞厅招聘歌女的广告,走进舞厅,老板请徐雁唱一支歌,歌没有唱完,老板一拍桌子:"你要多少钱吧?"

徐雁和母亲有饭吃了。

高红烛从舞厅出来,心里一片混乱,正想沿着河沿消解一下心中的烦躁,背后噔噔噔一阵高跟鞋跑步声音,徐雁追了上来。

"共产党了,还泡舞厅?"徐雁追上来,酸酸地问着。

"你怎么知道我是共产党?"高红烛冷冷地问着。

"茗儿告诉我的。"南苑大学复课,徐雁没有回校。徐雁和陈茗儿是好朋友,陈茗儿从杨柳青学习班出来之后,两个人联系上,陈茗儿告诉徐雁:"知道吗,那个三杠子压不出个屁来的高老蔫儿,原来是共产党。"

"你和陈茗儿有联系?"高红烛关心地向徐雁问着。

"你早知道,我们是好朋友。"

"她现在怎么样?"高红烛继续追问。

"唉,苦命的茗儿呀!"徐雁叹息了一声,"在杨柳青学习班待了三个月,审查她为什么没跟老爸老妈逃跑,怀疑她有潜伏任务。也难怪,她老爸是国民党战犯,天津解放前夕带着她老妈跑了,倒把个掌上明珠留给共产党,你说没有潜伏任务,谁敢相信呀?审查三个月什么也没审查出来,陈茗儿回到社会,学校也不敢要她。又得吃饭,还是共产党宽大厚道,将她安置到一家纱厂,苦呀,她自己倒还开心。活着呀,还有什么比活着更快活的呢?"

"哦。"高红烛舒了一口长气。

"我说,老蔫儿,放下你是共产党、她老爸是国民党的事儿,你能不能去看看她?"

"我?"

"你怎么了,你参加革命就不能去看老同学了?"徐雁冷冷地问高红烛,"共产党也不是铁石心肠呀,人家陈茗儿保护过你,若不是人家茗儿,你现在还不知道在什么地方呢。"

"她什么时候保护过我?"

"唉，高老蔫儿，你以为陈茗儿像你一样傻吗。你整天在图书馆泡着，对社会上发生的事不闻不问，一个年轻人在国家动乱之日能有如此的定力，没有点背景可能吗？而且，陈茗儿坐着他父亲接他的吉普车里回家，好几次看见你往市里走，路上总有鬼鬼祟祟的人在背后瞟着你，她们这样人家出身的人，最知道背后被人跟踪意味着什么。"

"哦。"高红烛似有醒悟地答应着。

"你记得好几次茗儿故意让你陪着她从学校出来，老蔫儿，你想过是什么原因吗？人家在保护你。陈小姐要告诉在背后瞟着你的人，瞧见了吗，这是我陈小姐的朋友，看你们哪一个敢动他！"

高红烛心头一热，立即，陈茗儿在他心中的印象变了，自己给《益世报》王编辑写天津"指南"，虽然极其隐蔽，但是一点蛛丝马迹不露，也太把国民党特务当成傻蛋了。南苑大学不问天下事的平民学生，还时常被特务学生纠缠，时常在报端有文章发表的高红烛，居然没出一点意外，不可能没有一点缘故。

陈茗儿不再是战犯的女儿，而是暗中关心、保护过自己的单纯姑娘。

"你不去看看她吗？"徐雁提出了一个难题。

"我要向组织报告。"

"不去就算了,你的组织不会同意你去看一个战犯的女儿的。她现在在工厂里改造。"

"哦哦哦。"高红烛含含混混地答应着。

这一阵,大家正忙。

1949 年 10 月 1 日,中华人民共和国成立,晚上全市举行庆祝游行。

庆祝中华人民共和国成立的盛大游行,隆重、热烈。天津地方游艺形式丰富多彩:秧歌会、腰鼓队、小车会、高跷队,一队接着一队,整整一天,天津全城沉浸在一片歌舞欢乐之中。

南苑大学的庆祝队伍整齐壮观,高红烛站在大街上向南苑大学游行队伍中的同学挥手致意。

高红烛为什么不在游行队伍当中,他有任务,他参加游行,参加哪一队也不是,在天津,他公开的身份是公子哥儿,走在任何一支队伍里,对他的工作都会产生不利影响。

这一天,天津市民几乎全都出来了,流行队伍里,高红烛看见南苑大学的老教授们由儿孙搀着,走在游行队伍里,不时举起有点颤巍巍的胳膊振臂高呼"万岁"。老教授们第一声"万岁",喊得真诚动人。开国大典晴朗的阳光下,老教授们眼里闪着泪花。

后面，一支特殊的游行队伍走了过来，前面一把轮椅，上面坐着一位看上去年纪要在八十岁以上的老人，绝对不是鹤发童颜了，带着老态。推轮椅车的四个男孩，可能是老人的孙子，轮椅车旁边走着他的三个儿子，三个儿子都穿着笔挺的礼服，系着领花，明明就是一大户人家。这一家人的游行队列，也举着横布标，布标上写着"中华人民共和国万岁"。旁观的市民对这户人家似是非常熟悉，人们说坐在轮椅上由儿孙们推着的那位老人，是一位大银行家。

　　轮椅上的老人，振臂高呼："中国人民站起来了，同胞们，列强再不敢欺侮咱们了！"

　　老人的喊话，又换来一片掌声，更有人喊起了"万岁"的口号，大街上暴起一片欢腾。看得出来，老人一生饱受帝国主义列强欺凌，今天，新中国建立了，从此他可以大步走上工业救国的道路了。

　　已经是入夜时分了，游行队伍散去，余兴尚浓的青年人走出来，大街上，广场上人们牵着手，跳起了集体舞蹈。

　　今夜，举国狂欢，激情澎湃。

　　高红烛心情激荡，在狂欢的人群中穿行，走在路上，高红烛骄傲地想着，总说反动阶级不甘心他们的失败，看看此时此刻为新中国建立而热情狂欢的人群，即使他们不甘心，也再没有力量恢复他们失去的天堂了。

高红烛走着，被人群的狂热激情感染，心潮澎湃，走着，高红烛一双眼睛在人群中巡视，他似是在寻找什么人，可是，找谁呢，高红烛自己也不知道。

"傻老蔫儿。"

突然，高红烛感觉背后传来一声呼唤。这是一声从天上飘下来的呼唤，那么熟悉那么温暖，又那么亲近，一时激动，高红烛眼窝里涌出泪珠，他提醒自己不要胡思乱想，一切已经过去，此时自己是一个革命战士，此时此刻自己是一个共产党员，是一个在城市隐蔽战线工作的军管会干部，那个"傻老蔫儿"，早就不存在了。

"傻老蔫儿，你真傻了怎的？"

轻轻的一下拍打，落在高红烛的肩上，高红烛感觉这次不会是幻视、幻听了，回过头来，陈茗儿站在他的身后。

陈茗儿穿着纺织女工白色布围裙，头上戴着白布工作帽，头发长了些，工作帽露出两缕长发，一双眼睛，明明亮亮，和在学校时一样，目光中闪动着她独有的魅力。

"你，你，你怎么也来了？"高红烛一时激动，想不出来应该说什么，贸然跳出一句话来，冲着茗儿问着。

"我怎么就不能来呢，新中国没有我的份儿吗？"陈茗儿说话还是那么尖刻，一双眼睛盯着高红烛，怪不客气地反问着。

被陈茗儿问得一时语塞,高红烛拿出他的拿手好戏,不出声,就是呆呆地站在陈茗儿的对面。

"我早看见你了,上午在游行队伍里,我冲你摇花束,你看不见,光傻愣愣地张望。我申请参加开国大典游行,纱厂领导说,你是中华人民共和国公民,怎么不能参加开国大典游行呢?"陈茗儿说着,眼睛中跳动着骄傲的光。

"当然,当然,中华人民共和国的公民都有权利参加开国大典游行。"高红烛勉强地说着。

"我不光是公民,还是一个新中国的建设者。"

"我累了。"高红烛嘟嘟囔囔地回答着。

"没时间说话,工友们招呼我了,定个时间来纺织厂找我吧,我给你捏饺子。"说着,陈茗儿也要走开。

"你还会捏饺子?"又是一句傻话。

"你以为我只会吃饺子吗?"陈茗儿跑开,回头抢白着高红烛。

哦。陈茗儿已经不是原来的那个陈茗儿了

"我星期四轮休。"陈茗儿喊了一声,随之向纺纱厂跳舞的人群跑去,远远地传来陈茗儿爽朗的笑声。

高红烛听着茗儿的笑声,心脏重重地跳了一下。在高红烛的记忆里,陈茗儿从来没有这样笑过,陈茗儿永远表情沉重,总像是有什么重重的心事,今天她放开心扉找到了自己的世界。

嗐,没有时间想这些,生活的道路长得很。

星期四下午,高红烛请徐雁陪自己去看陈茗儿。

当然经过组织批准。

看茗儿之前,领导对高红烛说,见到陈茗儿鼓励她好好学习,学习唯物辩证法和历史唯物主义,和反动家庭切断关系,划清界限,努力改造思想,树立革命人生观,出身不能选择,道路要靠自己。高红烛连声答应,保证把领导的嘱托转告给陈茗儿。

路上,徐雁给茗儿去起士林买了两只蓝莓布丁,这是茗儿最爱吃的东西。高红烛供给制,每月一百二十斤小米,只够买牙膏、毛巾用的,没给茗儿买东西,只给茗儿带去了四本干部必读:一本《中国革命与中国共产党》,一本《共产党宣言》,一本《联共(布)党史简明教材》,第四本最重要,《反杜林论》。

走在路上,徐雁数落高红烛说:

"读书时你参加青联,靠近共产党,做地下,最高的理想,不就是建立新中国吗?现在新中国建立了,你的伟大理想实现了,你可以向组织提点个人要求了。茗儿对你有好感,是你的福气,你为什么就不敢接受这样的幸福呢?退一步说,就算茗儿和你好了,成立了家庭,你就不相信共产主义了?你就不革命了?将来陈茗儿和她老爸老妈联系上,就会带着你去投奔国民党?我呀,为了生活,被迫去营业舞厅伴唱。在我的面前只有有饭吃和没有饭吃两种选择。茗儿面对的选择比我残酷。她要选择政治,选择人生道路。将近一年的时间,证明茗儿是个有志气的孩子,她一头扎在纺织厂里辛辛苦苦地做女工,改变了感情意识,改变了人生理想,她完全有权利成为新中国的新主人。"

"哦哦。"

"你哦哦什么?我看见过国民党时期杀害共产党志士的惨烈场面,革命志士站在大汽车上,大义凛然,五花大绑,视死如归,高唱'起来,饿寒交迫的奴隶',真是感动人呀。看着这些义士,当时我就想,共产党迟早会成功的。当然,你高老莺儿也是英雄,一声不吭,莺莺巴巴,为你崇高的理想做贡献,为了'英特那雄耐尔一定要实现',把自己的一切都置之度外。是呀,革命嘛,就得有一代人为真理献身,当年孙中山先生革命,不也是出现了一代抛头颅、洒热血的革命先驱吗?唉,东拉西扯有什么意思呀,老莺儿,我可不是拉你的后腿,你要掂量掂量,革命是伟大理想,爱情是,爱情是什么来着?"

"哎呀,闭上你的嘴吧,咱们说好,见到茗儿,咱们什么话也别说,就是鼓励她好好改造世界观,建立新的人生理想,你若是多嘴多舌,我站起来就走,你可别怪我不讲情面。"高红烛有点不耐烦了。

"好好好,我不说,跟你这样的石头疙瘩,说什么也没用!高红烛,你一心一意干你的革命吧。"

气呼呼地,徐雁跑到前面去了。

来到纱厂宿舍,放下礼物,茗儿拉着徐雁的手,亲亲热热嘘寒问暖,只将高红烛冷在一旁,似是也看了高红烛一眼,却没有主动说话。

"适应了吗?"徐雁关切地问着。

"可以选择的时候,需要适应;不允许选择的时候,哪里还有什么适应不适应的事儿呀。"到底是南苑大学学生,话中带着哲理。

"是呀,是呀。"高红烛找到一个说话的机会,对茗儿说道,"我们参军,没上战场之前,总怕自己不勇敢,真上了战场,大炮一响,什么是怕呀,抄起大枪就冲上去了。"高红烛也是转弯抹角告诉茗儿,自己离开南苑大学,到了解放区,立即就参军当兵了。

"男人就是为打仗生到世界上来的。"徐雁酸酸地说着。

倒是茗儿为高红烛解围,"时间不早了, 咱们捏饺子吧。"

说着,茗儿从小桌下面取出面粉,倒在一个小盆里,挽起袖子开始和面:"咱们包饺子。"

"你还会捏饺子?"徐雁大吃一惊。

"学呀,跟着纱厂姐姐们学的。"茗儿说着,来了精神,利利索索和好了面,又和好肉馅,准备停当,茗儿和徐雁动手捏饺子了。

茗儿和徐雁捏饺子,高红烛帮不上忙,顺手拿过茗儿桌上的书翻着,"这是你买的书吗?我还给你带来四本'干部必读'呢。"

茗儿书桌上放着几本书,也有《中国革命与中国共产党》,还有《新人生观》《社会发展史》,都是些革命读物。

"我为什么要等着你给我带书呢?走进新社会,做新中国的新主人,改造思想呀。"茗儿似是随便地回答着说,"进了纱厂,才知道什么叫贫穷,也才懂得什么叫压迫,什么叫剥削。这里的老女工,有人从七岁进纱厂做工,穷呀,一身的病,解放了,她们才翻了身。有时候我就想,为什么我就应该过养尊处优的生活呢?她们七岁进纱厂做工的时候,我正在保姆呵护下喝牛奶、吃饼干。如果我也从七岁进纱厂做工,我对世界的看法就不会是原来那个样子了。"

"哟,茗儿真是进步了。"徐雁高兴地说着。

陈茗儿告诉她的同学,因为她的进步,纱厂领导对她也改变了看法,最初纱厂领导提示工人们疏远陈茗儿,渐渐地发现陈茗儿并不仇恨新社会,工厂领导就动员老工人接近陈茗儿,还让老工人邀请陈茗儿参加大家的活动。纱厂女工没有文化,大家就请陈茗儿给大家读报,教女工们识字唱歌,现在陈茗儿已经和纱厂女工融合在一起了。

七手八脚饺子煮熟,热热乎乎,三个人开始吃饭。

三个人,徐雁胃口最小,只吃了八只饺子,茗儿一呼啦吃了一大盘,高红烛只说了一个"好",拉过盘子,一口气吃了四五十只,直到把大家捏好的饺子全吃光了,高红烛才抬起头来,又说了一声"好",还补充了两个字:"真好。"

"本来茗儿还可以多吃几只的,看见你狼吞虎咽的样子,茗儿放下筷子了。"徐雁在一旁奚落高红烛。

陈茗儿额上泛起微微的红润。

"在大食堂吃饭,自己先吃饱的那个,是最有礼貌的人。"高红烛怪不好意思地为自己解脱。

"噗"的一声,陈茗儿笑了。

这一顿饺子,吃得高红烛脸上红红润润,只说了一声"再见",高红烛就和徐雁向茗儿告辞。高红烛要回机关,徐雁也到了去舞厅的时候,两个人匆匆地离开陈茗儿走了。

走在路上,徐雁突然神秘兮兮地对高红烛说:"刚才你在一旁翻书,我和茗儿捏饺子,茗儿小声地告诉我,在工厂劳动,改造思想,工人们看她有进步,不光是劳动努力,思想上也能和工人们打成一片,渐渐地大家不拿她当外人看了,老工人和她说心里话,有人想认她做干女儿,她还被评为先进工作者呢。"

"茗儿是个有志气的好同志。"

"你说对了,茗儿已经变成新人了。"

"你怎么觉得茗儿已经变成新人了呢?"

"手,茗儿的一双手,已经证明茗儿思想、生活都发生了巨大变化。"

"什么变化?"

"茗儿的小手,过去柔柔嫩嫩,但是今天,她的一双手,变成了一对铁钳子,我和她握手的时候,她的手好有力量,一把握得我好疼,这双手,说明她经历过艰苦劳动生活。你吃饺子的时候,我和茗儿说心里话,茗儿告诉我说,她的一双手,就是她走进新时代、做一个新时代新青年的最好证明。"

"哦哦。"

高红烛的赞许和反对,都在这两声"哦哦"之中。

"茗儿对我说,在纺纱厂车间里,劳动的第一天,机器间走来走去,足足走了她几十年走过的路,第一天晚上她的腿就肿成了大木棒,明天是去车间劳动、还是请假休息,她咬牙做出了正确的选择。第二天,茗儿早早地来到车间,开始向老工人学习操作。在机器上接线头,接到下午,茗儿发现她接上的线头红了,她的手指破了,晚上疼得她睡不好觉。梦中梦见了妈妈,妈妈好像来找她,你猜茗儿在梦里是怎样回答妈妈的吗?茗儿果断地回答母亲说,你们做那个反动政权的殉葬者去吧,我要做新中国的新青年。"

"祝贺茗儿能有这样的进步。"高红烛不再哦哦了。

"老蔫儿,"徐雁接着向高红烛说,"咱们同学手足兄妹,只有我和你说知心话。难道你对茗儿没有一点儿感情吗?同学们都知道茗儿心里有你,那时候你觉得茗儿是国民党高级军官的女儿,不会对你有什么感情,你只能远远地躲着茗儿,现在茗儿愿意走改造自新的道路,难道你一点儿想法也没有吗?"

"你不懂,你不懂。"高红烛吞吞吐吐地说着。

"老蔫儿,听我的劝告,你心里真有茗儿,向茗儿说,你等她几年,她也等你几年,几时茗儿经过革命考验,证明她彻底和反动家庭割断联系,或是情况允许了,你和茗儿成家……"

"你不懂,你真的什么也不懂。这不可能。"

"你呀,你以为我不知道你为什么回避这件事情吗?你是一个有信仰的人，你的信仰要求你为革命献身，而对你来说，为革命献身就是把枪口对准国民党反动派，茗儿是国民党反动派战犯的女儿，你对茗儿只有阶级仇，不可能有任何情感纠葛。"

"不那么简单，茗儿的父母没有把女儿带走，她留在新社会，但在她的身上，还残留着反动阶级烙印。"

"你们共产主义要推翻旧世界，建立新世界，那么强大的旧世界都可以被推翻，怎么一个人心里的旧世界，你们就不相信可以推翻呢？"

"你不懂，你不懂。哦，我晚上有会。"高红烛快走几步，想甩开徐雁。

"等等，我还有件最最重要的事。"

徐雁一把将高红烛拉回来。

"关于茗儿的事，我们就不谈了。"高红烛怕徐雁和自己纠缠陈茗儿的事，先把话说明白，陈茗儿的事没有商量的余地。

"你和茗儿不敢来往，难道也不敢和我来往吗？"

"我们有什么来往？"

"我既不是反动家庭的臭小姐，也不是旧社会遗留下来的职业歌女。"

"我知道。"

"我不能永远在营业舞厅唱歌。"

"你想参加工作？"

"最近部队文工团招收演员，我报考了。"

"部队文工团是要上前线的。"

"茗儿可以在工厂里磨练成一个好工人，我怎么就不可能在战场上锤炼成一个革命战士呢？"

"你能,你能。"

高红烛勉强地应对着。

"既然你认为我能,你就得帮助我。"

"怎么帮助？"

"部队文工团对于我各方面条件都很满意,部队文工团要我把在营业舞厅做歌女的事说清楚,我想,我自己说,人家总有怀疑的时候，你以一个革命干部的身份为我证明一下,一定会很有力的。"

"怎么证明？"

"你证明我本来是南苑大学的学生,因为家庭遭国民党抢劫,父亲突然去世,家庭无法维持生活,我才,我才……"

"我考虑,我考虑。"

"你考虑什么呀,不就是要向组织报告吗？我没有历史问题,家庭也没有问题,我就是你的同学,一个单单纯纯的女学生。"

“明天我答复你。只要组织批准……”

“高老蔫儿，你就知道组织、组织，这件事和你的组织没有关系。”

“那也要先向组织汇报，我给你写不就是了嘛。”

“你答应了？”

“答应！”

“唉呀，高老蔫儿，你太可爱、太可爱了。”

说着徐雁伸开双臂就向高红烛扑了过去，高红烛动作灵敏，闪电一般，从徐雁的冲锋圈里逃了出来。

5

故事没完。

徐雁参军走了,高红烛的证明真起了作用,临走前徐雁还把高红烛和陈茗儿请到家里,由她母亲烧了一大桌菜,三个人还一起喝了酒。

高红烛坚守信仰,绝对不会模糊他的阶级观念,徐雁走后,高红烛再没有去看过陈茗儿,高红烛已经和陈茗儿割断情感牵连了。

这该是多高的觉悟呀!

突然一天,上级领导秦处长找高红烛谈话。开头,秦处长先对高红烛这一阵工作表现表扬了一番,继而对高红烛说:"本来,我不忍心放你走,可是工作需要呀。"

高红烛何等样人,一听就明白了,当即向秦处长表示:"我服从组织调动。"

"现在工业口需要知识分子干部,建设新中国,发展重工业,永远是重中之重,领导决定,调你去一家千人大厂做副厂长。"

高红烛明白,他不适合在"一处"工作了。

"为什么?"

"红烛同志,没有什么为什么,革命事业需要就是最大的为什么,好好工作,在工作中学习,在游泳中学会游泳,我们共产党人就是种子,落到哪里就在哪里生根开花。"

高红烛连连点头,表示对革命真理不存怀疑。

最后,秦处长嘱咐高红烛说,小资产阶级知识分子,永远要坚持思想改造,立场问题是一个大问题,时时要警惕呀!

一头雾水,秦处长对自己说这些话做什么呢?

"难道我出了什么立场问题吗?"

服从组织调动,高红烛离开了党政领导机关,到一家工厂做副厂长去了。

三四年时间,高红烛将一个千人大厂搞得风生水起,做出了突出成绩,研发出了新产品。高红烛管理工厂的经验受到中央的重视, 中央级报纸整版报道高红烛管理工厂的先进经验。

最后,上级机关找到高红烛,通知他说,中央下达文件,调高红烛去中央重要部门负责一项高端科研任务。

依然是服从组织调动，高红烛收拾收拾东西，准备赴京就任。

高红烛离开天津，自然要向各方辞行，类若高红烛这样的人，他们每离开一处地方，需要辞行的人，既不是朋友，也不是亲人，他们唯一需要辞行的人，是他们的老领导。

谁是高红烛的老领导？

秦处长。

"为你高兴呀。"

秦处长早知道中央调高红烛的消息，紧紧握着高红烛的手，热情地说着："我早就说高红烛是一位好同志，偏偏有人认为，高红烛同志社会关系复杂，小资产阶级知识分子感情没经过彻底改造，需要到基层锤炼。我只能坚持自己意见，还得少数服从多数呀，如今你以出色的成绩证明，自己是一个坚定的无产阶级战士，我没看错人呀。"

至此，高红烛才明白他当初调离"一处"的原因，嘻，不过如此而已，你投身革命，革命还要考验你，革命嘛，就是一个接受考验、经过考验、锤炼革命意志的过程。

秦处长说的不是空穴来风，社会关系复杂，"一处"干部怎么可以和战犯女儿来往呢？小资产阶级感情没有经过彻底改造；"一处"干部怎么可以随便证明一个舞厅歌女可以参军呢？世界上没有无缘无故的爱，你高老蔫儿能"无缘无故"吗？

"事情已经过去，不想那些事了，面向未来，为革命事业多做贡献嘛。不过红烛同志，到了中央，工作安顿好，你也应该考虑考虑个人生活问题了呀，快三十岁了。"

"哦哦。"高红烛点点头，没说服从组织分配。

回到工厂，传达室老头告诉高红烛，一位女同志在办公室等他。

每天来办公室找高红烛联系工作的女同志很多，高红烛没有多想，径直走上楼去，推开了办公室房门。

高红烛愣了。

陈茗儿。

"祝贺你高升呀。纱厂一位老女工，儿子在你的工厂做事，他告诉他母亲说，他们厂的副厂长被中央调走了。"

"你真是消息灵通。"

"你以为我会把你忘了吗？"

高红烛哑巴了。

"过去了，过去就是过去，风吹过去了，雨下过去了，时间也过去了，谁也不能把风留下，把雨留下，把时间留下，你可能埋怨我无情。你看见了，正是这样的无情，才保护你、保护我，你我才有今天的平静人生。"

"过去了,还有一件事情没有过去,我今天找你来,想带你和我一起去看徐雁。"

"徐雁?"

"对呀,就是那个由你介绍参加部队文工团的徐雁呀。许久之前,她来过一封信,说随部队进十万大山剿匪去了。"

"她回来了?"

高红烛眼睛里闪过一道怪异的光。

"徐雁给我来了一封信,说她回天津休养,还说要我拉上你一起去看她。"

"十万大山剿匪战斗没有收兵,她怎么回来了?"

"又是你的思维惯性。你以为徐雁不能经受战争考验,被部队退回来,或者她自己跑回来,做了革命的逃兵?忘掉你的考验吧,她在部队表现很好,她母亲还接到过她的立功喜报呢。"

"好,我陪你去。"

"我说,老蔫儿,咱们说点正经事好吗?"

"什么事算正经?"

"你不要一脑袋瓜子立场、革命、考验、原则好不好。就说徐雁,她参军了,她回来了,一切都是正常的事,不要一想就是什么退回来的,或者是犯了什么错误,'开'回来了,天底下不走正路的人很少,革命队伍这么多人,也没有几个逃兵,别把人总往坏处想,不要满脑袋瓜子敌情观念。"

"只要徐雁这次不是被部队送回来的，咱们两个人就……"

"咱们两个人？"

"就是咱们两个人,咱们两个人请她去北京游颐和园。"

"不过,我的高老蔫儿,有一个基本概念你要说清楚,咱们两个人,是一个人和另一个人呢？还是两个人不再是两个人……"

唉,有学问的人呀,光说绕脖子话。

"当然,当然,反正,反正……"

高老蔫儿这次真蔫儿了。

茗儿心里深深地震动了一下,第一次,她听见高老蔫儿把他和自己连在了一起。

"我们两个人一起、一起……"

茗儿的眼窝里涌出了泪花。

徐雁的家住在老租界地,一幢小楼,原来自然是徐雁一家人住着,如今楼里的住户说,徐婶婶住在二楼。

徐妈妈听见楼下有人找徐雁,应声急匆匆地走下楼来。

"唉呀,贵客贵客。"

徐妈妈引茗儿和高红烛走上楼来，就听见一间房里传出来熟悉的徐雁声音:"妈妈,谁来了?"

"雁雁,是我。"

"呀!茗儿,可想死你了。快进来,快进来。"

谁也不去想,何以徐雁只在她的房间里向茗儿喊话。进来进来,听见楼下茗儿找她的喊声,她怎么不跑下楼迎接来呢?

只想立即看到徐雁,陈茗儿拉着高红烛往传出徐雁声音的房间走,倒是徐妈妈拦住了茗儿和高红烛。

"你们见到她,不要流露一点儿惊讶。"

惊讶什么?来不及思索,茗儿也没听清徐妈妈说了什么,早抬手推开徐雁的房门。

"茗儿!"

徐雁惊喜地大呼一声,当当,房里传出两声重重的声音,似是什么重重的东西敲着地面。

没有走进房间,陈茗儿惊恐地退后一步,挡住了背后的高红烛。

挂着两根拐杖的徐雁支撑着身体,站在了陈茗儿的面前。

"雁雁,你……"

"什么你呀你的,快进来。"

徐雁一把将茗儿拉进房来。

"唉呀,还有你,我的高老莺儿。别惊讶,十万大山,地势那样险恶,还有掉山涧里找不回来的呢。首长说,万幸,万幸,我们留住了一位战士歌唱家。"

徐雁说得那样轻松,像是说别人的事。

茗儿、高红烛被徐雁的情绪感动,两个人一左一右拥着徐雁坐了下来。

"你们都好吧,别说我自己了,我已经就是这个样子了,夜行军,一下子,我就滚下了断崖,什么也不知道了,等我醒过来,两条腿没了。四位战士抬着我,几天几夜走出了十万大山,一路上,四位战士唱着我教给他们的歌……"

美丽青春,悲壮的画面。

茗儿和高红烛每人握着徐雁一只手,握得三个人的手掌汗湿在了一起。

"雁雁,老莺儿调中央了。"

"祝贺,祝贺,高老莺儿是个好同志,革命立场坚定,原则性强,我相信你……"

"行了行了,这些,领导早和我谈过了。"高红烛打断徐雁的话。

"雁雁,咱们今天不背书。"陈茗儿打断徐雁的话,呆呆地看着徐雁的两根拐杖。

"部队首长说,回家养好伤,立即回部队,部队对我有最好的安排,不能站着唱,就坐着唱,不能在舞台上唱,就在教室里教学生唱,而且,部队对我这样的同志关照得可好呢。"

徐雁说着,陈茗儿先嘤嘤地哭出了声音。

"茗儿,你哭什么。任何一个时代,都要靠这个时代的年轻人支撑。我们没有辜负时代对我们的信任,我们完成了时代交付我们的伟大使命,我们为我们生在一个伟大的时代骄傲,我们失去的,将换取到子子孙孙永远的幸福,我们的青春无限美丽。"

徐雁说着,三个人相互搂着肩膀,抽抽地哭出了声音。

"是的,茗儿,我们是理想主义者的一代,尽管通向完美理想主义的道路充满坎坷,但我们以自己的青春踏出了坚实的道路,茗儿,无怨无悔,我们以自己的生命谱写了完美理想主义者的美丽青春。"

高红烛、陈茗儿、徐雁三个人炙热的脸颊贴着炙热的脸颊,细细的泪珠融汇着细细的泪珠,三个人烈焰般的呼吸汇合在一起……

2017.4